DU MÊME AUTEUR

dans la même collection :

L'ARC-EN-CIEL A PRIS LA FUITE
LE CHINOIS QUI VERDISSAIT
LE SPECTRE DES CHEVAUX DE BOIS
UNE ARAIGNÉE APPELÉE À RÉGNER
LES DOUZE PENDULES DE THÉODULE
LE TROMBONE DU DIABLE
LE DRAGON QUI ÉTERNUAIT
LE DÉMON QUI DANSAIT LA GIGUE
LE CHAT QUI CLIGNAIT DE L'ŒIL
LA MOMIE QUI CHUCHOTAIT
L'AIGLE QUI N'AVAIT PLUS QU'UNE TÊTE
L'INSAISISSABLE HOMME DES NEIGES
LE JOURNAL QUI S'EFFEUILLAIT
LE SERPENT QUI FREDONNAIT
LE PERROQUET QUI BÉGAYAIT
LA MINE QUI NE PAYAIT PAS DE MINE
AU RENDEZ-VOUS DES REVENANTS
LE TESTAMENT ÉNIGMATIQUE
LE LION QUI CLAQUAIT DES DENTS
LE TABLEAU SE MET À TABLE
LE MIROIR QUI GLAÇAIT
L'ÉPOUVANTABLE ÉPOUVANTAIL
LE REQUIN QUI RESQUILLAIT
L'OMBRE QUI ÉCLAIRAIT TOUT

ALFRED HITCHCOCK

LA MOMIE QUI CHUCHOTAIT

TRADUCTION DE VLADIMIR VOLKOFF

ILLUSTRATIONS DE JACQUES POIRIER

HACHETTE

L'ÉDITION ORIGINALE DE CE ROMAN, RÉDIGÉ AVEC LA COLLABORATION DE ROBERT ARTHUR, A PARU EN LANGUE ANGLAISE, CHEZ RANDOM HOUSE, NEW YORK, SOUS LE TITRE :

THE MYSTERY OF THE WHISPERING MUMMY

INTRODUCTION

(À L'USAGE DES RETARDATAIRES)

Cette introduction ne s'adresse qu'aux nouveaux lecteurs. Ceux qui n'ont pas manqué le coche — je veux dire : ceux qui connaissent déjà les Trois jeunes détectives grâce aux précédents volumes de la série — peuvent tourner la page et commencer directement par le chapitre premier.

Pour les autres, précisons que les Trois jeunes détectives s'appellent Hannibal Jones, Peter Crentch et Bob Andy. Ces garçons se sont associés pour fonder une agence de renseignements.

Hannibal est le cerveau de l'équipe : personne n'en doute et lui moins que les autres. Bob s'occupe des archives et des recherches. Peter, tout en muscles, n'a pas son pareil en cas de coup dur.

Le siège social de l'agence se trouve à Rocky, petite ville de Californie, au bord du Pacifique. Dans cette région, les distances sont si étendues qu'on ne saurait rien faire sans moyen de locomotion. Or, les Trois jeunes détectives n'ont pas encore l'âge de conduire une voiture... Heureusement, une compagnie de location d'automobiles a organisé un concours publicitaire : une Rolls Royce magnifique, avec accessoires plaqués or et chauffeur, devait être mise, pendant trente jours, à la disposition du gagnant. Ce gagnant fut Hannibal Jones, et les problèmes de transport de l'agence se trouvèrent immédiatement résolus.

Hannibal habite chez son oncle et sa tante, Titus et Mathilda Jones, qui possèdent un commerce de bric-à-brac, à l'enseigne du Paradis de la Brocante. *Une vaste cour leur sert d'entrepôt. Dans cette cour, sous un amas d'objets hétéroclites, se dissimule une caravane inutilisable, dont les Trois jeunes détectives ont fait leur P.C. et qu'ils ont équipée d'installations diverses, grâce à leurs aptitudes de bricoleurs. Plusieurs passages secrets, que les garçons sont seuls à connaître, permettent d'y accéder.*

Voilà. Vous en savez assez pour passer à l'action, c'est-à-dire pour commencer à lire La Momie qui chuchotait. *Il est vrai que, à notre époque, les jeunes ont l'habitude qu'on leur mâche le travail. Mais il y a une limite à tout. Je ne vais quand même pas lire à votre place un roman qui a été écrit pour vous !*

Je suis très vieux jeu, vous voyez.

ALFRED HITCHCOCK.

CHAPITRE PREMIER

UNE LETTRE EXTRAORDINAIRE

« Au secours ! Au secours ! »

La voix était aiguë, étrange, angoissée.

Les Trois jeunes détectives, Hannibal Jones, Peter Crentch et Bob Andy, n'y prêtèrent aucune attention. Ils continuèrent à travailler.

Ils la connaissaient, cette voix : c'était celle de Barbenoire, le mainate qui leur servait de mascotte. Tout comme un perroquet, il se plaisait à répéter ce qu'il entendait souvent[1].

1. Voir : *Le Perroquet qui bégayait*, dans la même collection.

Mme Mathilda Jones, la tante d'Hannibal, jeta un coup d'œil à la cage du mainate.

« Hannibal ! appela-t-elle. Tu ne devrais pas laisser ton oiseau regarder tant d'émissions policières à la télévision.

— Oui, tante Mathilda, répondit Hannibal. Où faut-il mettre cette porte ?

— Avec les autres portes, évidemment. Dites donc, les garçons ! Un peu de nerf ! Ce n'est pas le travail qui manque, et vous voyez bien que l'heure tourne. »

Au gré des Trois jeunes détectives, l'heure ne tournait pas assez vite. Quand la tante Mathilda décidait de mettre de l'ordre dans ce *Paradis de la Brocante* qu'elle dirigeait avec autant d'énergie que de compétence, pendant que son mari Titus s'occupait d'acheter tout le bric-à-brac qu'il pouvait trouver, les garçons du voisinage n'avaient qu'à bien se tenir ! Ils étaient tous embauchés d'office, et considérés comme corvéables à merci, quelle que fût la température !

Or, les Trois jeunes détectives n'avaient pas la moindre envie de transporter du matériel et d'établir des inventaires, mais de se réfugier dans la caravane qui leur servait de P.C. et de commencer à élucider quelque nouveau mystère. Les succès qu'ils venaient de remporter les y encourageaient. Peut-être ne les y encourageaient-ils que trop...

Néanmoins, ils durent se contenter de travailler comme manutentionnaires jusqu'à l'arrivée du facteur, qui déposa tout un paquet de lettres dans la boîte prévue à cet effet.

« Miséricorde ! s'écria alors tante Mathilda. Hannibal, ton oncle Titus voulait que tu ailles lui poster une lettre recommandée, et j'ai oublié de te le dire. »

De sa poche, elle tira une enveloppe quelque peu fripée et la tendit à son neveu.

« Prends ta bicyclette et file à la poste ! commanda-t-elle. Tiens, voilà de l'argent.

— Je vais, je cours, je vole, tante Mathilda ! répondit le corpulent Hannibal. Peter et Bob vont faire mon travail à ma place. Justement, ils se plaignaient de s'ennuyer. »

Peter et Bob explosèrent d'indignation. Hannibal enfourcha sa bicyclette et disparut. Mme Jones se mit à rire.

« Bon, bon, dit-elle. Je vous libère. Vous pouvez aller vous amuser dans le bric-à-brac. Je me demande bien d'ailleurs ce que vous pouvez y faire. »

D'un geste, elle désigna l'amas d'objets de rebut qui cachait l'atelier de bricolage d'Hannibal et, de plus — mais personne n'en savait rien —, le P.C. de l'agence de renseignements.

« Moi, dit Mme Jones, je dois m'occuper du courrier. Je vais y jeter un coup d'œil tout de suite. Il y a peut-être quelque chose pour Hannibal. A force de commander des échantillons de n'importe quoi, il commence à avoir une vraie correspondance. »

Les garçons abandonnèrent leur travail sans se faire prier. Mme Jones saisit le paquet de lettres.

« Une annonce de l'hôtel des ventes... Une facture... Un chèque pour la vieille chaudière... Tiens, tiens ! »

Elle glissa une lettre sous son bras et continua le dépouillement :

« Une autre facture... Une carte de ma sœur Suzanne... Un dépliant publicitaire : *Venez habiter en Floride.* Comme si on n'était pas bien en Californie. »

Elle fourra une deuxième lettre sous son bras en

s'écriant aussi « Tiens, tiens ! » Puis elle ouvrit encore une ou deux enveloppes. Des clients demandaient des renseignements sur des articles qu'ils ne pouvaient trouver ailleurs. Le Paradis de la Brocante était connu dans le pays entier : c'était là qu'il fallait s'adresser si on avait besoin de quelque chose d'extraordinaire. Entre autres curiosités à vendre, Titus Jones n'avait-il pas jusqu'à un vieil orgue dont, en attendant de trouver acquéreur, il se servait lui-même ? Le soir, il jouait dessus des airs bavarois dont ses deux ouvriers, Hans et Konrad, chantaient les paroles d'un air mélancolique.

« Non, dit Mme Jones, il n'y a rien pour Hannibal. »

Elle fit mine de s'éloigner, mais les garçons ne se trompèrent pas au pétillement de ses yeux : tante Mathilda était d'humeur taquine.

« Ah ! fit-elle en s'arrêtant, il y a tout de même ces deux lettres pour les Trois jeunes détectives. Il doit s'agir de votre nouveau club. »

Il y avait belle lurette que les garçons ne s'occupaient plus du club d'énigmes et devinettes dont Hannibal Jones avait été le président et grâce auquel, à la suite d'un concours brillamment gagné, ils disposaient maintenant, pour trente jours, d'une superbe Rolls Royce avec chauffeur. Résultat : le club avait été transformé en agence de renseignements, et ses membres avaient renoncé aux devinettes imaginaires au profit de mystères bien réels. Mais Mme Jones, distraite pour tout ce qui ne concernait pas le Paradis de la Brocante, en restait au club. Il était inutile de lui fournir des explications qu'elle n'écoutait pas. Aussi les garçons ne cherchaient-ils plus à la tirer de son erreur.

Maîtrisant son émotion — c'était la première fois que l'agence recevait des lettres —, Peter prit les deux enveloppes. Mme Jones passa dans le bureau de son mari. Les garçons foncèrent droit au P.C.

« Pas question de regarder ce que c'est avant d'être chez nous, déclara Peter. Les affaires sont les affaires.

— D'accord, dit Bob. Maintenant, je vais pouvoir enregistrer notre courrier. J'avais déjà le registre, il ne manquait plus que le courrier. »

Se glissant entre les piles de matériaux divers, les garçons parvinrent à l'atelier d'Hannibal. On y voyait un tour, une scie mécanique, une presse à imprimer et diverses machines-outils qui n'étaient plus en état de fonctionner à leur arrivée au Paradis de la Brocante, mais qu'Hannibal avait rafistolées avec l'aide de ses amis.

Le long du mur, l'entrepôt était partiellement couvert, et cette toiture, de deux mètres de large, protégeait non seulement la marchandise de M. Jones, mais aussi l'atelier d'Hannibal. Par temps de pluie, de grandes bâches de plastique pouvaient être également utilisées ; mais la pluie est chose rare en Californie.

Au fond de l'atelier étaient empilées de grosses buses de ciment. Il suffisait d'écarter un vieux grillage métallique pour pouvoir pénétrer dans l'orifice de l'un de ces tubes. Ensuite on remettait le grillage en place, et l'on poursuivait la progression en rampant sur une douzaine de mètres. Après avoir cheminé — sans s'en apercevoir — sous un amas de terre et un enchevêtrement de barres de fer rouillées, on débouchait exactement sous la caravane qui servait de P.C. aux Trois jeunes détectives. M. Jones, n'ayant pas réussi à la vendre, en avait fait cadeau à Hannibal et à ses amis.

Une trappe pratiquée dans le plancher de la caravane permettait d'atteindre le P.C. proprement dit, aménagé en bureau, avec table de travail (en partie carbonisée au cours d'un incendie), chaises, machine à écrire, classeur et téléphone. Un vieux poste de radio enrichi d'un micro permettait à tous les occupants de la caravane d'écouter ensemble les communications téléphoniques de chacun d'entre eux. Le cabinet de toilette de la caravane servait de laboratoire de photographie.

La caravane disparaissait sous un amoncellement de bric-à-brac, si bien qu'il faisait toujours sombre à l'intérieur. Peter alluma donc l'électricité aussitôt après avoir refermé la trappe. Puis les deux garçons prirent des sièges et s'attaquèrent au courrier de l'agence.

« Mazette ! fit Peter. Cette lettre-ci est d'Alfred Hitchcock. Commençons par elle. »

Bob apprécia la nouvelle à sa juste valeur. M. Hitchcock, dont les garçons avaient fait la connaissance en des circonstances peu ordinaires, leur avait promis de leur faire signe s'il entendait parler d'un mystère propre à l'exercice de leurs talents. Il y avait donc des chances pour que ce fût le cas.

« Au contraire, dit Bob. Laissons la plus intéressante pour la fin. D'ailleurs, je pense qu'il vaut mieux attendre Babal pour les ouvrir, l'une et l'autre.

— Comment ? se récria Peter. Après la façon dont il nous a traités. Tu l'as bien entendu : il voulait nous faire faire son travail. D'abord, c'est toi l'archiviste, c'est à toi de t'occuper du courrier. »

L'argument parut convaincant à Bob qui, d'un coup de coupe-papier, fendit la deuxième enveloppe. Cependant, ayant remarqué plusieurs choses, il proposa :

« Avant de la lire, essayons d'en déduire ce que nous pouvons. Babal nous a bien recommandé de nous entraîner à la déduction chaque fois que nous en avions l'occasion.

— Que veux-tu qu'on déduise d'une lettre sans l'avoir lue ? » demanda Peter, sceptique.

Mais Bob était déjà penché sur l'enveloppe mauve, parfumée au lilas. La lettre était également mauve et parfumée ; de plus, une gravure représentant deux petits chats l'ornait à sa partie supérieure.

« Hum ! fit Bob, appuyant deux doigts contre son front pour mieux réfléchir. Oui, ça vient. L'auteur de cette lettre est une dame d'une cinquantaine d'années. Petite et potelée. Bavarde. Se teint les cheveux. Adore les chats. Bonne, mais quelquefois négligente. En général, plutôt gaie, mais ayant actuellement des ennuis. »

Peter écarquillait les yeux.

« Hein ! Tu as vu tout ça sans lire le texte ?

— C'est très facile, répondit Bob, l'air dégagé. Ah ! j'allais oublier d'ajouter qu'elle est très fortunée et qu'elle s'occupe d'œuvres de bienfaisance. »

Le sourcil froncé, Peter prit l'enveloppe et la lettre. Peu à peu, son visage s'éclaira.

« La gravure représente des chats, donc cette dame aime les chats, supputa-t-il. Le timbre est collé de travers et il est même un peu déchiré : cela dénote de la négligence. Dans le corps de la lettre, les lignes commencent par monter, ce qui révèle un tempérament optimiste ; mais, vers la fin, elles descendent, et on peut en conclure que, en ce moment, la dame est malheureuse...

— Précisément, dit Bob. Rien de plus aisé que la déduction, quand on s'y applique.

— Et quand on a un Babal pour vous donner des leçons, ajouta Peter. Maintenant, je voudrais bien savoir où tu as pris son âge, son tour de taille, ses bavardages, sa fortune, ses charités et ses cheveux teints. On aurait cru entendre Sherlock Holmes.

— Regarde, fit Bob en souriant. L'adresse de l'expéditeur nous indique que cette dame habite à Santa Monica, dans un quartier résidentiel où les maisons sont très chères. Les dames qui habitent là sont toutes fortunées et elles s'occupent de bienfaisance parce qu'elles n'ont rien d'autre à faire. Du moins c'est ce que prétend maman.

— D'accord, répondit Peter. Et son âge, et ses cheveux et le reste ?

— Le papier est mauve et parfumé, l'encre est verte. Ce sont généralement des dames d'un certain âge qui se livrent à ce genre d'excentricités. A te parler franchement, il se trouve que j'ai une tante, petite, bavarde, cinquante ans, les cheveux teints, plutôt forte que mince, plutôt gentille que méchante, qui se sert d'un papier exactement identique. Alors j'ai pensé que cette Mme... — Bob regarda la signature — que cette Mme Banfry pouvait ressembler, au physique et au moral, à ma tante Hilda.

— Bravo ! s'écria Peter en riant. Tu devines aussi bien que tu déduis. Maintenant, lisons ce qu'elle nous écrit. »

Et Peter commença sa lecture à haute voix :

« Messieurs les détectives,

« Mon amie, Mlle Waggoner, de Hollywood, m'a raconté la brillante enquête que vous avez menée pour lui rendre son perroquet perdu... »

Apparemment, Mme Banfry était au courant des

exploits des Trois jeunes détectives lors de l'affaire du perroquet qui bégayait. Bob arracha la lettre à Peter.

« L'archiviste, c'est moi, déclara-t-il. Donc c'est à moi de lire les lettres, du moins en l'absence de Babal. »

Peter grogna, mais céda. Bob devait son poste d'archiviste à l'appareil orthopédique qu'il portait à la jambe depuis une chute de bicyclette et qui l'empêchait de jouer un rôle dans la partie la plus active des enquêtes menées par l'agence : impossible de lui disputer ce juste dédommagement.

Ce fut donc Bob qui donna lecture de la suite. Du reste, l'affaire était simple. Mme Banfry possédait un chat d'Abyssinie, nommé Sphinx, qu'elle aimait beaucoup. Le chat avait disparu depuis une semaine, et la police se révélait incapable de le retrouver. Des annonces placées dans la presse locale n'avaient donné aucun résultat. Il ne restait plus à Mme Banfry qu'à s'adresser aux Trois jeunes détectives qui avaient rendu à Mlle Waggoner son perroquet adoré.

« Parfait, dit Peter. Un chat disparu. Voilà qui a l'air d'une petite affaire bien sage, bien raisonnable, sans grands risques pour nous. Je vais immédiatement téléphoner à Mme Banfry pour lui annoncer que nous sommes d'accord.

— Attends ! répliqua Bob en retenant son ami qui tendait déjà la main vers le combiné. Nous n'avons pas encore lu la lettre de M. Hitchcock.

— Très juste », reconnut Peter.

Bob fendit l'enveloppe, en retira une feuille de papier à lettres de luxe, portant le nom d'Alfred Hitchcock somptueusement gravé. Après avoir lu les premiers mots à haute voix, l'archiviste ne put s'empêcher de dévorer le reste en silence et à toute allure. Lorsqu'il eut terminé, sa figure exprimait la stupéfaction.

« Lis ça toi-même, Peter. Autrement tu ne le croirais pas. »

Brûlant de curiosité, Peter s'empara de la lettre et, à son tour, en prit connaissance. Sa lecture achevée, il leva sur Bob des yeux où se lisait l'étonnement le plus vif.

« Mazette ! murmura-t-il. Comment est-il possible qu'une momie de trois mille ans se mette à raconter sa vie ? »

CHAPITRE II

LA MOMIE CHUCHOTE

Jamais les Trois jeunes détectives n'avaient encore eu à s'occuper d'une affaire aussi insolite que celle qui leur était maintenant proposée.

A une quinzaine de kilomètres de Rocky, dans un cañon boisé et résidentiel, habitait le professeur Robert Yarborough, égyptologue renommé. Sa maison, une vieille bâtisse de style espagnol, avait été transformée par lui en musée privé.

Une rangée de portes-fenêtres, prenant jour sur une

terrasse dallée, éclairait la vaste salle où le professeur avait installé ses trésors. L'après-midi, la chaleur y était étrangement suffocante... Entre les fenêtres, se dressaient des statues qui, en Egypte, avaient orné des tombeaux anciens. L'une de ces statues, celle du dieu Anubis — corps d'homme, tête de chacal —, projetait sur le parquet une ombre noire au dessin inquiétant.

Aux murs pendaient des masques de métal au sourire sagace et mystérieux. Des vitrines protégeaient de la poussière des tablettes d'argile, des bijoux d'or et des scarabées de jade, ciselés par des artisans morts depuis des siècles.

Sur le sol reposait un sarcophage dont le couvercle portait un bas-relief représentant la momie qu'il abritait. C'était un sarcophage tout simple, sans dorure, sans bigarrure, mais riche d'une énigme dont personne encore n'avait trouvé la clef. Aussi son propriétaire, le professeur Yarborough, un petit homme digne et rondelet, à barbiche et à lunettes cerclées d'or, n'en était-il pas peu fier.

Du temps de sa jeunesse, le professeur dirigeait de nombreuses expéditions qui allaient jusqu'en Egypte pour y faire des fouilles. A ce titre, il découvrit de nombreuses tombes creusées au flanc des collines, contenant des momies de pharaons, de leurs épouses et de leurs serviteurs, sans compter des bijoux et des outils. Il conservait chez lui une bonne partie de ces trouvailles et était en train d'écrire un livre sur ses découvertes.

Le sarcophage mystérieux avait été trouvé par le professeur vingt-cinq ans plus tôt. Mais comme, à l'époque, il était trop occupé par d'autres recherches, il l'avait prêté à un musée public, au Caire. Maintenant, sa retraite prise, il comptait poursuivre des travaux personnels ; aussi, depuis quelques jours, la momie et son sarcophage étaient-ils arrivés par chemin de fer.

« A présent, pensait M. Yarborough, j'aurai le temps de percer son secret... »

Cet après-midi-là — deux jours avant celui où les Trois jeunes détectives reçurent la lettre d'Alfred Hitchcock —, le professeur se tenait dans son musée et tapotait nerveusement avec un crayon le couvercle du sarcophage. Ce couvercle pouvait s'enlever comme celui d'une caisse ordinaire.

Wiggins, le valet qui avait servi le professeur pendant de longues années, homme long et maigre, demanda d'un ton respectueux :

« Monsieur pense-t-il qu'il est raisonnable de recommencer cette expérience, après l'émotion que monsieur a eue hier ?

— Il faut que je m'assure si la chose se renouvelle, répondit le professeur avec fermeté. Commencez par ouvrir une porte-fenêtre. On étouffe ici.

— Bien, monsieur », fit Wiggins en ouvrant la fenêtre la plus proche de lui.

Depuis que, pendant deux jours, il était resté enfermé accidentellement dans la tombe d'un pharaon, le professeur souffrait de claustrophobie.

Ensuite Wiggins souleva le couvercle, et, l'ayant complètement enlevé, l'appuya contre le sarcophage.

Les deux hommes se penchèrent pour voir ce qu'il y avait à l'intérieur.

Tous les goûts sont dans la nature. Telle personne n'éprouverait aucun plaisir à contempler une momie, mais il n'en était pas ainsi du professeur Yarborough qui se passionnait pour ces corps imprégnés de bitume et ligotés de bandelettes. Les anciens Egyptiens croyaient qu'un corps humain devait être parfaitement conservé pour pouvoir se présenter sans dommage dans l'autre monde. C'est également en prévision de la vie future qu'ils plaçaient dans les tombes les vêtements, les ornements, les outils et les bijoux du défunt.

La momie appartenant au professeur Yarborough s'appelait Ra-Orkon. Le cocon dans lequel elle était emmaillotée avait été partiellement déroulé, si bien que le visage de Ra-Orkon se trouvait découvert. C'était celui d'un homme âgé, intelligent, aux yeux clos, aux lèvres entrouvertes comme pour parler. On l'aurait cru sculpté dans de l'ébène.

« Ra-Orkon semble parfaitement calme, monsieur, remarqua Wiggins. Je ne pense pas qu'il se singularise encore aujourd'hui.

— J'espère que non, répondit le professeur d'un air sombre. Il y a trois mille ans qu'il est mort. C'est vraiment contre nature qu'il se mette à parler maintenant. Même à chuchoter.

— Indéniablement, monsieur.

— Et pourtant, hier, quand j'étais seul avec lui, il m'a adressé la parole ! Je n'ai pas compris dans quelle langue il me parlait, mais j'ai bien saisi qu'il me demandait de faire quelque chose, et que c'était pressé. »

Le professeur se pencha vers la momie :

« Ra-Orkon, si vous avez quelque chose à me dire, parlez. Je vous écoute. Je tâcherai de vous comprendre. »

Une minute s'écoula, puis une autre. Aucun bruit dans la salle, sauf le bourdonnement d'une mouche.

« J'ai dû avoir une hallucination ! soupira enfin le professeur. C'est la seule explication possible. Voulez-vous m'apporter la scie égoïne qui se trouve dans l'atelier, Wiggins ? Je vais scier un morceau de bois du sarcophage. Ainsi, grâce au test du carbone radioactif, mon ami Jennings, de l'université de Californie, pourra évaluer avec précision l'âge de cette momie.

— Bien, monsieur », dit le valet en sortant.

Le professeur Yarborough fit le tour du sarcophage, le tapotant ici et là pour choisir l'endroit où il enlèverait un morceau de bois. Il crut détecter une place où le son rendu était creux, une autre où une partie du bois paraissait prête à se détacher, sous l'effet, eût-on dit, d'une pourriture intérieure.

A ce moment, un murmure indistinct se fit entendre, provenant indéniablement du sarcophage. Le professeur se redressa, stupéfait. Puis il approcha son oreille de la bouche de la momie.

La momie chuchotait. Des paroles semblaient sortir de ses lèvres mi-closes, des paroles prononcées par un Egyptien mort trois mille ans plus tôt.

Ces paroles, M. Yarborough ne les comprenait pas. Elles étaient faites de syllabes rauques et chuintantes, et proférées d'une voix presque inaudible. Cependant elles devenaient de plus en plus pressantes, comme si la momie désirait passionnément être entendue.

Une émotion terrible s'empara du professeur. Cette langue, pensa-t-il, c'était de l'arabe ancien. De temps en temps, il croyait reconnaître un mot.

« Parlez, parlez, Ra-Orkon ! s'écria-t-il. Je ferai l'impossible pour vous comprendre.

— Je vous demande pardon, monsieur ? »

Le professeur pivota sur les talons. Ces derniers mots avaient été prononcés par Wiggins qui venait d'entrer, une scie à la main. Ra-Orkon s'était tu.

« Wiggins ! fit le professeur. La momie vient encore de chuchoter. Elle a commencé dès que vous êtes sorti, et elle s'est tue quand vous êtes rentré. »

Wiggins, l'air grave, fronça le sourcil.

« Il semblerait qu'elle ne veuille adresser la parole qu'à monsieur seul. Monsieur a-t-il compris ce qu'elle disait ?

— Non, gémit M. Yarborough. Je ne suis pas philologue. Ra-Orkon s'exprime peut-être en arabe ancien, mais peut-être aussi en hittite ou même en chaldéen. »

Wiggins jeta un coup d'œil par la fenêtre. Sur le versant opposé du cañon s'élevait une maison blanche, toute neuve. Le valet la désigna du doigt.

« Le professeur Freeman est l'ami de monsieur,

remarqua-t-il. De plus, il fait autorité pour tout ce qui touche aux dialectes du Proche-Orient. En cinq minutes, il pourrait être là. Et si la momie acceptait de lui parler, il comprendrait sans doute ce qu'elle dirait.

— Très juste ! s'écria le professeur. Bien sûr, j'aurais dû le mettre au courant aussitôt. Après tout, son père était avec moi quand j'ai découvert Ra-Orkon. Cela ne lui a pas porté chance : il a été assassiné une semaine plus tard, en plein marché. Courez téléphoner à M. Freeman, Wiggins, et demandez-lui de venir immédiatement.

— Bien, monsieur. »

Le valet avait à peine quitté la salle que l'étrange murmure recommença.

Le professeur fit un nouvel et inutile effort pour comprendre ce que disait la momie, puis il y renonça. Il alla à la porte-fenêtre par laquelle on voyait la maison du jeune professeur Freeman, bâtie sur un versant escarpé, nettement au-dessous du niveau de la route.

M. Yarborough vit le jeune homme sortir de la maison par une porte latérale, monter un escalier extérieur, entrer dans son garage. Une voiture en sortit peu après et emprunta l'étroite route en lacet qui serpentait à mi-pente. Sans quitter la voiture des yeux, le professeur Yarborough écoutait toujours, avec une extrême attention, les murmures de la momie.

Soudain, Ra-Orkon se tut. L'angoisse s'empara du vieux professeur. Quoi ! la momie allait-elle cesser de parler précisément quand on pourrait enfin comprendre ce qu'elle disait ?

« Poursuivez, Ra-Orkon, poursuivez. Je vous en supplie. Nous attendons un interprète. Parlez !... »

Au bout d'un instant le chuchotement reprit. M. Yarborough entendit la voiture s'arrêter devant la maison. Une porte s'ouvrit. Quelqu'un entra dans la pièce.

« C'est vous, Freeman ? demanda M. Yarborough sans quitter la momie des yeux.

— Mais oui, c'est moi. Que vous arrive-t-il, Yarborough ? demanda l'autre, d'une voix musicale.

— Ne faites pas de bruit. Venez ici. Ecoutez. »

Puis, s'adressant à la momie, le vieux professeur s'écria :

« Parlez, Ra-Orkon ! Parlez ! Maintenant vous serez compris. »

Mais la momie demeura silencieuse. Aussi silencieuse qu'elle l'avait été pendant trente siècles.

« Je ne comprends pas, dit Freeman. C'est à la momie que vous vous adressez ? »

M. Yarborough se retourna vers son jeune collègue. M. Freeman était un homme de taille moyenne, mince, avec un visage plein de gaieté.

Ses cheveux commençaient à peine à grisonner.

« Hé oui ! fit Yarborough. La momie vient de me parler dans une langue que je ne comprends pas, et j'espérais que vous pourriez me servir d'interprète. Mais dès qu'elle vous a vu, elle... »

Voyant l'expression d'étonnement de son ami, le vieux professeur n'alla pas plus loin.

« Vous ne me croyez pas, n'est-ce pas ? Vous ne croyez pas que Ra-Orkon ait pu me parler ? »

Freeman se gratta le menton.

« Avouez que c'est tout de même curieux, déclara-t-il enfin. J'y croirais mieux si je l'avais entendu moi-même...

— Essayons, fit M. Yarborough. Ra-Orkon, parlez, nous vous écoutons. Nous essaierons de vous comprendre. »

Les deux hommes attendirent. La momie ne réagit pas.

« Ce n'est pas la peine d'insister, soupira Yarborough. Ra-Orkon accepte de ne me parler qu'en tête à tête. Et moi qui espérais que vous me traduiriez ce qu'il dit ! »

Le professeur essaya d'avoir l'air crédule, mais il n'y réussit guère.

« Je serais ravi de vous aider si c'était possible, répondit-il poliment. Hé là ! Que faites-vous avec cette scie ? Vous n'avez pas l'intention de disséquer Ra-Orkon ?

— Non, non. Je voulais seulement prélever une parcelle de bois pour la soumettre au test du carbone radioactif et déterminer ainsi la date précise à laquelle Ra-Orkon a été enseveli.

— Ce serait dommage d'abîmer un sarcophage aussi ancien.

— Nullement, répliqua M. Yarborough. Ce sarcophage n'a rien de précieux, et il faut tout de même bien que je sache de quand il date. Mais chaque chose en son temps. Avant de percer le secret de Ra-Orkon, je veux démêler cette histoire de chuchotements. Enfin, Freeman, une momie ne peut pas parler ! Or, celle-ci parle. Et à moi seulement.

— Hum ! fit Freeman en essayant de dissimuler la pitié qu'il semblait ressentir pour le vieil homme. Voulez-vous me confier ce vieux farceur pour quelques jours ? Une fois chez moi, il se décidera peut-être à me parler aussi. Si je réussis à comprendre ce qu'il raconte, je vous transmettrai fidèlement son message. »

Le professeur Yarborough toisa le jeune homme.

« Vous êtes trop bon, Freeman, fit-il d'un air digne. Vous pensez que j'ai des hallucinations et, pour éviter de me faire de la peine, vous ne me le dites pas franchement. Eh bien, vous avez peut-être raison. Ra-Orkon restera ici jusqu'à ce que je sois sûr de mon fait.

— Comme vous voudrez, répondit Freeman. Si la langue de votre bonhomme se délie, prévenez-moi. J'arriverai en quatrième vitesse. Pour l'instant, adieu. J'ai une conférence à l'université. »

M. Freeman quitta la salle et la maison. Le professeur Yarborough attendit en vain que la momie recommençât à parler. Wiggins se montra.

« Servirai-je le dîner de monsieur ?

— Je vous en prie, Wiggins. Vous vous rappelez que vous ne devez rien dire à personne de toute cette affaire ?

— Certainement, monsieur.

— J'ai bien vu la réaction de Freeman. Tous mes collègues auraient la même. S'ils savaient qu'une momie me tient des discours, ils penseraient que je deviens gâteux. Imaginez un instant que les journaux s'emparent de l'histoire : c'en serait fini de ma réputation de savant.

— Indéniablement, monsieur.

— Et pourtant il faut que je demande conseil à quelqu'un. A quelqu'un qui ne serait pas un savant, et qui saurait que le monde est plein de mystères... Oh ! Je crois que j'ai mon homme. Je vais téléphoner à mon vieil ami Alfred Hitchcock. Lui, du moins, il ne se moquera pas de moi. »

Le professeur Yarborough avait raison. Alfred Hitchcock ne se moqua pas de lui. Simplement, comme on l'a vu dans le chapitre précédent, il alerta les Trois jeunes détectives.

CHAPITRE III

HANNIBAL TÉLÉPATHE

« Comment une momie pourrait-elle parler ? » répétait Peter.

Bob ne faisait que secouer la tête.

Les garçons avaient relu la lettre deux fois de suite. Ils auraient cru à une plaisanterie, mais pouvaient-ils douter de la parole d'Alfred Hitchcock qui leur disait que son ami, le professeur Yarborough, était profondément troublé par les bavardages de sa momie ? Les Trois jeunes détectives, ajoutait M. Hitchcock, pourraient peut-être aider le savant.

« Une momie, reprit Peter en ébouriffant ses cheveux châtain foncé, c'est censé être momifié. Une momie, ce n'est pas un homme. C'était un homme, mais ça ne l'est plus.

— C'est un homme mort, acquiesça Bob. Et les morts ne parlent pas, c'est bien connu.

— Connu de tout le monde, sauf de cette momie, apparemment, dit Peter en reprenant la lettre pour l'examiner de plus près. Le professeur Robert Yarborough, relut-il, égopty... égyptal...

— Egyptologue.

— Egyptologue renommé, habitant à Hunter Cañon, non loin de Hollywood, possède un musée privé. Ses collections comprennent une momie qui lui parle en chuchotant dans une langue qu'il ne comprend pas. Son équilibre nerveux s'en ressent... Eh bien ! ça ne m'étonne pas. Rien que d'avoir appris une histoire pareille, mon équilibre nerveux s'en ressent déjà. Des momies qui parlent ? Non, non, très peu pour moi. Nous avons déjà notre plein de mystères insolites. Allons plutôt à Santa Monica essayer d'aider cette dame à retrouver son chat d'Abyssinie. »

Bob jeta un regard à la lettre de Mme Banfry.

« Entre deux affaires, laquelle choisira Hannibal ? Tu n'as pas une vague idée ? demanda-t-il ironiquement.

— Pas vague du tout ! répliqua Peter furieux. Dès qu'il aura vu cette lettre de M. Hitchcock, il va téléphoner à la compagnie de location de voitures et réclamer la Rolls et le chauffeur Warrington, pour aller voir le professeur Yarborough. Mais, après tout, nous disposons de la majorité absolue des voix. Si nous votons, Hannibal va se trouver en ballottage.

— Babal n'est pas le genre de gars facile à ballotter, objecta Bob. Nous avons déjà essayé les méthodes démocratiques avec lui, à l'époque du château des Epouvantes[1]. On ne peut pas dire que nous ayons brillamment réussi.

— Je le sais bien, dit Peter d'un air sinistre.

— A propos, où est-il passé, notre Babal ? Il devrait être de retour depuis longtemps.

— C'est l'occasion ou jamais d'utiliser notre périscope ! » s'écria Peter.

Dans un angle, le toit de la caravane était percé. Un tuyau de poêle coudé passait par l'ouverture. A la partie inférieure, il était équipé de deux poignées qui permettaient de lui imprimer un mouvement de rotation. On aurait dit un périscope de sous-marin... Rien d'étonnant : c'était en effet un périscope réalisé par les soins d'Hannibal.

Le P.C. des Trois jeunes détectives, invisible pour les non-initiés, avait tout de même un gros défaut : lorsque les détectives y étaient enfermés, ils ne pouvaient rien voir de ce qui se passait à l'extérieur.

Hannibal y avait remédié en construisant son périscope, qu'il appelait « panoramique », au moyen de quelques bouts de miroir placés à angle droit dans un tuyau de poêle, qui avait l'air le plus innocent du monde.

Peter Crentch remonta le périscope, de façon que sa partie supérieure émergeât au-dessus du bric-à-brac qui recouvrait la caravane, puis le fit tourner lentement, l'œil collé à son ouverture inférieure.

« Mme Jones vend de la ferraille à un plombier,

1. Voir : *Au rendez-vous des revenants*, dans la même collection.

annonça-t-il. Hans entasse du matériel dans un coin. Tiens, voilà Babal ! Il pousse sa bicyclette. Le pneu avant est à plat.

— Il a dû crever, commenta Bob. C'est cela qui l'aura mis en retard. Je parie qu'il a l'air furieux.

— Pas du tout. Il écoute un poste à transistors, et il sourit tant qu'il peut. Ça, c'est curieux. Babal déteste les contretemps. Même une crevaison, ça le vexe à mort. Il veut toujours que tout marche comme sur des roulettes.

— Babal est un gars fumant, surtout quand il s'agit de prévoir des choses, dit Bob. Il serait encore mieux s'il ne parlait pas comme un dictionnaire. J'ai quelquefois du mal à le comprendre.

— Il n'y a pas que toi. »

Peter fit tourner le périscope.

« Babal a garé sa bicyclette dans un coin. Il donne quelque chose à Mme Jones. Elle lui parle. Elle lui montre la direction de l'atelier. Elle doit lui dire où nous sommes. Maintenant il va dans le bureau. Il ne pourrait pas se dépêcher un peu ? Ah ! il ressort.

— Nous allons lui faire une farce, proposa Bob. Je vais cacher la lettre de M. Hitchcock. Il lira celle de Mme Banfry, et il combinera tout un plan pour retrouver le chat. Alors je lui montrerai l'autre...

— Et nous lui dirons que nous ne pouvons pas nous occuper de la momie tant que nous n'aurons pas retrouvé le chat, ajouta Peter. Ecoute, j'ai une autre idée. Je vais faire des déductions, moi aussi. Tu n'auras qu'à me donner la réplique. »

Des grincements de fer sur le ciment apprirent aux deux garçons que leur camarade pénétrait à son tour dans le « Tunnel numéro 2 » en écartant le grillage.

Précipitamment, Peter remit le périscope à la position basse et se rassit. Bientôt, après des frottements sourds indiquant qu'Hannibal, lui aussi, se livrait à la reptation, la trappe se souleva et Hannibal Jones émergea dans la caravane.

Hannibal Jones était un gros garçon aux cheveux noirs et aux joues roses. Quand il se redressait et qu'il se faisait un double menton, il pouvait paraître beaucoup plus vieux qu'il n'était. Il savait aussi se donner l'air stupide, et réserver ainsi de mauvaises surprises aux gens qui le sous-estimaient.

« Quelle chaleur s'écria-t-il.

— Oui, répondit Peter, ce n'est pas le moment d'avoir une crevaison. »

Hannibal le regarda, tout surpris :

« Comment sais-tu que j'ai eu une crevaison ?

— Pure question de déduction, fit Peter. Tu nous

avais conseillé, à Bob et à moi, de nous entraîner à déduire. C'est ce que nous avons fait. N'est-ce pas, Bob ? »

Bob inclina la tête et soupira :

« Pauvre Babal. Ce n'est pas drôle de marcher en poussant sa bicyclette, par un temps pareil. »

Hannibal les observait de près.

« C'est vrai, admit-il. Maintenant, je vous serais reconnaissant de m'expliquer le déroulement de vos processus mentaux.

— Le quoi ? demanda Peter.

— Notre façon de raisonner, traduisit Bob. Vas-y, explique-lui, Peter.

— D'accord, dit Peter Crentch. Montre-moi tes mains, Babal. »

Babal montra ses mains. Elles étaient sales. L'une d'elles portait l'empreinte d'un pneu de bicyclette.

« Eh bien ? demanda-t-il.

— Ton genou droit est couvert de poussière,

remarqua Peter. Donc tu t'es agenouillé par terre pour regarder quelque chose. Tes mains sont sales ; la gauche porte la marque d'un pneu de vélo. Donc tu t'es agenouillé pour regarder le pneu de ton vélo. Pourquoi ? Parce que tu as eu une crevaison. Tes souliers sont couverts de poussière, eux aussi. Donc tu as marché pendant longtemps. Elémentaire, mon cher Watson, comme disait Sherlock Holmes. »

Sans l'aide du périscope, ce raisonnement eût été brillant. Hannibal parut impressionné.

« Bravo ! fit-il. Ce serait dommage de gaspiller un talent pareil à rechercher un chat égaré.

— Hein ? s'écrièrent Peter et Bob d'une seule voix.

— J'ai dit, précisa Hannibal, qu'il serait dommage de dilapider en pure perte des capacités déductives aussi développées. »

Il avait fait exprès d'enfiler, les uns au bout des autres, des mots de trois syllabes au moins : il savait que Peter les avait en horreur.

« Des psychologues de votre mérite, poursuivit-il, devraient consacrer leurs loisirs à l'élucidation de mystères tels que... tels que par exemple celui d'une momie de trois mille ans d'âge s'exprimant en un dialecte inconnu et transmettant des messages incompréhensibles à son propriétaire médusé... »

Peter hurla :

« Qui t'a raconté l'histoire de la momie ?

— Pendant que vous vous entraîniez à la déduction, répondit Babal, moi je m'entraînais à la télépathie, c'est-à-dire à la transmission de pensée. Bob, tu détiens une lettre qui nous donne l'adresse du professeur Yarborough. J'ai déjà téléphoné à la compagnie pour demander Warrington et la voiture.

Dans dix minutes, nous allons proposer nos services à l'illustre égyptologue, pour l'aider à résoudre le mystère de la momie qui chuchote. »

Le souffle coupé, Peter et Bob regardaient leur chef sans pouvoir articuler une parole.

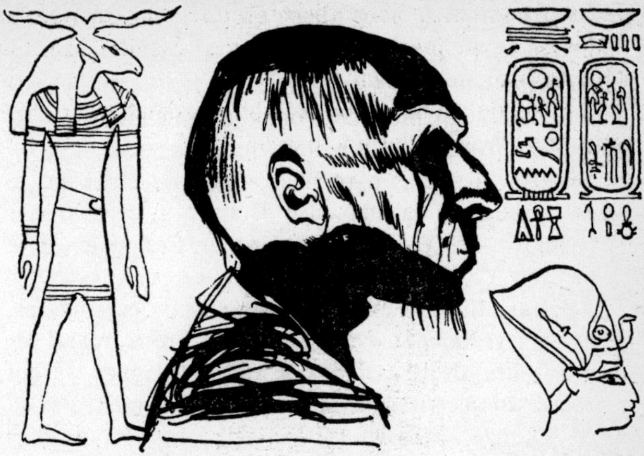

CHAPITRE IV

LA MALÉDICTION DE LA MOMIE

« D'où sais-tu que M. Hitchcock nous a écrit que le professeur Yarborough avait une momie parlante ? » demanda Peter pour la vingtième fois.

Hannibal Jones soupira :

« Si tu ne me crois pas quand je te dis que je suis télépathe, toi qui es si fort pour la déduction, tu n'as qu'à raisonner un peu. Fais comme pour la crevaison de mon pneu. »

Cette réponse réduisit Peter au silence, mais

n'apaisa pas sa curiosité. Bob Andy souriait dans son coin. Une fois de plus, Babal leur avait démontré sa supériorité : le jour viendrait où il leur expliquerait comment il avait procédé. Pour l'instant, mieux valait songer au mystère de la momie qui chuchotait.

En effet, les trois garçons avaient pris place sur le siège arrière de la luxueuse Rolls qui, pilotée par Warrington, les emmenait à Hunter Cañon, chez le professeur Yarborough.

« Babal, dit Bob en se prélassant sur les coussins, je ne sais vraiment pas ce que nous ferons quand les trente jours de location que tu as gagnés seront terminés. Nous en avons déjà utilisé quatorze.

— Quinze, monsieur Bob, en comptant aujourd'hui, corrigea Warrington. Et je serai le premier à regretter nos aventures communes, lorsque je n'aurai plus le plaisir et l'honneur de vous conduire. »

Warrington était un Anglais, grand, maigre, impeccable de tenue et de correction. Une amitié le liait aux trois garçons depuis qu'ils avaient partagé les dangers et les victoires.

« Alors, il ne nous reste plus que quinze jours à prendre, soupira Peter.

— Deux et deux ne font pas toujours quatre, répondit Hannibal d'un ton énigmatique. Et quinze et quinze ne font pas toujours trente. Voulez-vous arrêter ici, Warrington ? »

De gros piliers de pierre qui se dressaient en bordure de la route signalaient l'entrée d'une propri té. Sur l'un d'eux brillait une plaque de métal portant le nom de Yarborough. Une allée, descendant la pente boisée du cañon, conduisait à une maison de style espagnol, dont on distinguait, entre les arbres, la toiture de tuiles rouges. Plus bas, la pente devenait plus abrupte et plongeait jusqu'au fond du cañon. Sur le versant d'en face, on voyait plusieurs maisons à différents niveaux.

Après avoir vérifié le nom inscrit sur la plaque, Hannibal demanda à Warrington de prendre l'allée.

« J'ai téléphoné au professeur et il nous attend, précisa le détective en chef. Je suis pressé, je l'avoue, de faire connaissance avec cette momie parlante.

— Moi pas ! marmonna Peter.

— Peut-être acceptera-t-elle de nous parler à nous aussi ? ajouta Hannibal.

— J'espère bien que non, répliqua son adjoint. Moi, les momies qui parlent, je suis contre ! »

Le professeur Yarborough, installé sur sa terrasse, et visiblement très angoissé, était en train de déjeuner. Wiggins venait de lui servir une tasse de consommé chaud.

« L'expérience a donc été négative... murmura le professeur.

— Oui, j'ai passé une partie de la nuit avec Ra-Orkon, mais ce... cet individu n'a pas prononcé une parole. A un moment, j'ai cru entendre quelque chose...

— Eh bien ?

— Mais j'ai dû me rendre à l'évidence : je m'étais trompé. »

Le valet enleva la tasse vide. Le professeur s'essuya les lèvres avec sa serviette.

« Je ne sais pas ce que j'ai, Wiggins, dit-il. Je me réveille la nuit, le cœur battant à se rompre. Ce mystère, cette tension, cela devient intolérable.

— Je suis très angoissé moi-même, monsieur. Monsieur ne pourrait-il pas... ?

— Ne pourrais-je pas quoi ? Allons, parlez.

— Monsieur n'a-t-il pas songé à rendre la momie au gouvernement égyptien ? Alors monsieur ne souffrirait plus de l'angoisse que...

— Il n'en est pas question. Plus cette affaire est mystérieuse, plus je suis décidé à la tirer au clair. D'ailleurs j'attends du renfort.

— Monsieur a-t-il fait appel aux services d'un policier ? demanda Wiggins. Je croyais que monsieur préférait ne pas mettre la police au courant.

— Il ne s'agit pas de la police, mais de je ne sais quels détectives que m'a recommandés mon ami Hitchcock. »

A ce moment, une mélodieuse sonnerie retentit.

« Ce sont peut-être eux, dit le professeur. Voulez-vous aller ouvrir, Wiggins ? Amenez-les-moi ici.

— Bien, monsieur. »

Quelques instants plus tard, le valet revenait avec trois jeunes garçons. Le premier était gros et brun ; le deuxième, grand, tout en muscles ; le troisième, plus petit que les deux autres, portait des lunettes et un appareil orthopédique.

Le professeur fronça le sourcil en les apercevant.

Hannibal Jones n'en fut pas surpris : M. Yarborough s'attendait à voir débarquer trois adultes. Aussitôt, le détective en chef se redressa et rentra le menton pour se donner l'air plus âgé. Puis il tira de sa poche une carte qu'il tendit au professeur.

LES TROIS DÉTECTIVES
Détections en tout genre
? ? ?

Détective en chef : HANNIBAL JONES
Détective adjoint : PETER CRENTCH
Archives et recherches : BOB ANDY

Comme tout le monde, le professeur demanda aussitôt :

« Que veulent dire ces points d'interrogation ? Expriment-ils un doute sur vos capacités ? »

Bob et Peter échangèrent un sourire. Le triple point d'interrogation, c'était l'emblème de l'agence, choisi par Hannibal. Pour indiquer son passage dans tel ou tel endroit, chacun des Trois jeunes détectives dessinait des points d'interrogation à la craie. Craie blanche pour Hannibal, verte pour Bob, bleue pour Peter.

« Le point d'interrogation, déclara Hannibal de son air le plus "grande personne", est le symbole universel de la question, de l'énigme, du problème. C'est pourquoi il nous sert d'emblème. Les problèmes, les énigmes, les questions à résoudre, voilà notre spécialité. Nous ne pouvons pas vous promettre de réussir, mais nous vous promettons d'essayer.

— Hum ! fit le professeur, en examinant la carte d'un air pensif. Si vous n'aviez pas ajouté cette dernière phrase à votre déclaration de principe, j'aurais prié Wiggins de vous indiquer la sortie. Seuls les charlatans promettent le succès. En revanche, il couronne souvent des efforts consciencieux. »

Après un silence, pendant lequel il observa les garçons, M. Yarborough inclina affirmativement la tête.

« C'est Alfred Hitchcock qui vous envoie, dit-il, et j'ai confiance dans son jugement. De toute évidence, je ne peux m'adresser ni à la police ni à un détective privé : on me croirait fou. Un collègue n'éprouverait pour moi que de la pitié ; peut-être aussi répandrait-il la nouvelle que j'ai sombré dans le gâtisme. Tandis que trois jeunes garçons pleins d'imagination et dépourvus de préjugés... Oui, si quelqu'un peut m'aider, ce doit être vous. »

Il se leva.

« Venez, conclut-il. Je vais vous présenter à Ra-Orkon et nous pourrons nous mettre au travail. »

Hannibal suivit le professeur qui se dirigeait vers l'aile gauche de la maison. Bob et Peter allaient l'imiter, mais, d'un geste, le valet les retint. Sa main tremblait ; son visage exprimait une profonde anxiété.

« Avant de vous mêler de cette affaire, jeunes gens, il faut que vous sachiez une chose, dit Wiggins.

— Laquelle ? demanda Peter, inquiet.

— Cette momie est maudite, prononça le valet à

voix basse. A tous ceux qui la touchent, il arrive malheur. Presque tous les membres de l'expédition qui l'a découverte sont morts de mort violente... Le professeur ne veut pas l'admettre. Il n'admet rien qui ne soit scientifique. Jusqu'à maintenant, il avait échappé à la malédiction. Mais à présent que la momie est dans la maison, j'ai peur pour lui et pour moi. Et pour vous aussi... Si vous vous mêliez de cette affaire, il y aurait du danger. »

Les garçons regardaient le serviteur en écarquillant les yeux. Le visage de Wiggins exprimait une telle frayeur qu'on ne pouvait douter de sa sincérité.

A ce moment, Hannibal se retourna.

« Arrivez, vous autres ! » cria-t-il.

Les deux détectives rejoignirent leur chef.

Par l'une des portes-fenêtres, ils entrèrent dans le musée. Le professeur marcha droit au sarcophage, en souleva le couvercle.

« Voici Ra-Orkon, dit-il. De tout mon cœur, j'espère que vous m'aiderez à comprendre le message qu'il essaie de me transmettre. »

Sombre et rigide, la momie était paisiblement étendue. Ses yeux étaient clos, comme d'habitude. Cependant on se demandait si, d'un moment à l'autre, ils n'allaient pas s'ouvrir.

Hannibal examina Ra-Orkon avec calme et — semblait-il — compétence. Bob et Peter, de leur côté, se sentaient plutôt mal à l'aise. Ce n'était pas la momie en tant que telle qui les gênait : c'était l'idée que cette chose morte pût se mettre à parler. La malédiction dont leur avait parlé Wiggins n'était pas faite non plus pour les rassurer.

Les yeux de Bob rencontrèrent le regard de Peter. Peter n'en menait pas large.

« Mazette ! chuchota-t-il. Babal va encore nous embarquer dans une de ces histoires... »

CHAPITRE V

DANGER

Hannibal Jones était penché sur la momie de Ra-Orkon et l'observait attentivement. Le professeur Yarborough s'essuya le front avec son mouchoir.

« Wiggins, dit-il, ouvrez les fenêtres, s'il vous plaît. Vous savez que je ne supporte pas les fenêtres fermées.

— Oui, monsieur. »

Le valet ouvrit deux portes-fenêtres. Un courant d'air traversa la salle. Les masques de métal accrochés au mur tintinnabulèrent...

Hannibal se redressa.

« Ce n'est pas ce bruit-là que vous avez entendu, monsieur le professeur ? demanda-t-il.

— Non, non, mon garçon, répondit M. Yarborough. Je sais encore reconnaître la différence entre un bruit provoqué par un courant d'air et le son de la parole humaine. Cette momie me parlait, il n'y a pas de doute là-dessus.

— Très bien, dit Hannibal Jones. Nous considérerons donc qu'il n'y a pas eu de possibilité d'erreur de votre part. Notre hypothèse sera que vous avez réellement entendu la momie parler, soit en arabe ancien, soit dans une autre langue que vous ne connaissez pas.

— Monsieur a-t-il encore besoin de moi ? demanda Wiggins. Ou puis-je retourner à mes occupa... »

Les yeux du valet s'écarquillèrent. Soudain, il se jeta sur le professeur.

« Prenez garde ! » hurla-t-il.

Les deux hommes roulèrent ensemble sur le plancher, suivis de près par l'énorme statue de bois d'Anubis, le dieu à tête de chacal, qui se dressait près de la fenêtre et qui s'abattit à l'endroit où le professeur se tenait quelques secondes plus tôt. A terre, la tête de chacal sembla prendre une expression étrangement menaçante.

Le professeur et son valet se relevèrent, tout tremblants, et, d'un même regard, contemplèrent la statue renversée.

« Je l'ai vue chanceler, monsieur, expliqua Wiggins d'une voix mal assurée. Elle allait tomber sur vous. Elle vous aurait écrasé. »

Avec difficulté, il avala sa salive :

« C'est la malédiction de Ra-Orkon qui poursuit monsieur jusqu'ici, balbutia-t-il.

— Wiggins, ne dites pas de sottises, fit le professeur en s'époussetant. Il n'y a jamais eu de malédiction de Ra-Orkon. C'est une invention des journaux, reposant sur une fausse interprétation qu'a donnée Lord Carter de l'inscription gravée sur le tombeau. Si la statue est tombée, c'est un effet du hasard.

— Il y a trois mille ans que cette statue est debout, répliqua Wiggins. Pourquoi a-t-elle failli écraser monsieur, si ce n'est pas pour le tuer, comme a été tué Lord Carter lui-même ?

— Lord Carter est mort dans un accident d'automobile, répondit sèchement M. Yarborough. Vous pouvez disposer, Wiggins.

— Bien, monsieur. »

Le valet allait sortir quand Hannibal l'arrêta. Hannibal avait examiné la statue de près, et maintenant il s'était relevé.

« Vous avez vu la statue chanceler, avez-vous dit. Pourriez-vous préciser la façon dont elle chancelait ?

— Elle était comme penchée en avant, monsieur Hannibal. On aurait cru qu'elle voulait s'abattre sur monsieur, de propos délibéré, qu'elle le visait, en quelque sorte...

— Wiggins ! » s'écria le professeur d'un ton de reproche.

Mais le valet insistait :

« J'en suis sûr, monsieur. Anubis s'est incliné dans la direction de monsieur, et puis il s'est laissé choir. J'ai réagi aussi vite que j'ai pu. Heureusement, je suis arrivé à temps.

— Je sais, répondit sèchement M. Yarborough, et

je vous en suis reconnaissant. Mais je vous serais obligé de ne plus me parler de malédiction. »

Au mot « malédiction », tout le monde sursauta. Un masque doré s'était décroché du mur et avait roulé sur le parquet...

« Qu'est-ce que je disais ? fit Wiggins, de plus en plus pâle.

— C'est... le courant d'air ! s'écria le professeur, mais avec moins d'assurance. Il a fait tomber Anubis d'abord et le masque ensuite. »

Hannibal s'accroupit auprès de la statue et en tâta le socle.

« Il aurait fallu un courant d'air prodigieux pour faire choir Anubis, monsieur le professeur. La statue est très lourde et elle reposait sur une surface parfaitement horizontale.

— Jeune homme, répondit M. Yarborough d'un air digne, je suis un homme de science. Je ne crois ni aux malédictions ni aux esprits malfaisants. Si vous

avez l'intention de me venir en aide, je vous demanderai de ne pas oublier cela. »

Hannibal se releva, l'air pensif.

« Moi non plus, je n'y crois pas, monsieur. Mais il faut nous en tenir aux faits : en l'espace de cinq minutes, deux incidents étranges ont eu lieu, et ce sans aucune cause apparente.

— Pure coïncidence ! affirma le professeur. Revenons à notre affaire. Vous admettez, n'est-ce pas, que j'ai réellement entendu cette momie parler. Avez-vous quelques explications de ce phénomène à me proposer ? »

Hannibal Jones se pinça la lèvre inférieure. Bob et Peter savaient ce que cela signifiait : leur chef réfléchissait intensément.

« J'ai une hypothèse, monsieur le professeur ! annonça Babal.

— Une hypothèse scientifique ? Pas un conte à dormir debout ? demanda le professeur en agitant sa barbiche.

— On ne peut plus scientifique », assura Hannibal. Puis, se tournant vers ses amis : « Peter, Bob, allez demander à Warrington la mallette qui se trouve dans le coffre de la voiture. Nous allons procéder à une expérience.

— D'accord, Babal. Viens Bob, fit Peter, ravi de s'éloigner de la momie.

— Je vais vous montrer le chemin », proposa Wiggins.

Le professeur et Hannibal restèrent seuls dans le musée. Wiggins et les deux autres garçons sortirent de la maison par l'autre côté. Warrington, comme c'était son habitude quand il ne conduisait pas, astiquait les chromes de la Rolls.

« Le professeur est très obstiné, chuchota le valet. Il ne voudra jamais admettre l'existence d'une malédiction. Mais vous avez vu ce qui est arrivé. La prochaine fois, il peut mourir. Ou moi. Ou l'un d'entre vous. Je vous en supplie, persuadez-le de renvoyer ce Ra-Orkon en Egypte. »

Et Wiggins se hâta d'aller retrouver son maître.

« Babal n'a pas l'air de croire aux malédictions, dit Peter. Je n'y crois pas plus que ça moi-même. N'empêche que si nous avions deux sous de bon sens, nous serions en train de courir après un chat d'Abyssinie. »

Bob ne sut que lui répondre. Sa raison lui affirmait que les malédictions n'existaient pas. Mais il arrive que la raison ait tort...

Warrington interrompit son astiquage.

« Terminé, les garçons ? demanda-t-il.

— Au contraire, on commence seulement, répondit Peter d'un ton sinistre. Cette fois-ci, nous avons affaire à une malédiction égyptienne et nous n'avons pas la moindre idée de ce qui va se passer. Pour l'instant, nous voudrions la mallette qui se trouve dans le coffre.

— M. Hannibal contre une malédiction égyptienne : je le donne gagnant à dix contre un, fit Warrington, ouvrant le coffre pour en retirer la mallette. Voici l'objet. M. Hannibal m'a demandé de la placer ici avec un maximum de discrétion. »

Peter se chargea de la mallette et reprit avec Bob le chemin du musée.

« Je me demande ce qu'il peut y avoir là-dedans, marmonna le jeune Crentch. C'est assez lourd, tu sais. Babal nous prépare une surprise.

— Nous avons fait semblant de deviner qu'il avait eu une crevaison, répondit Bob. Il se venge. »

Dans le musée, le professeur et Hannibal avaient remis Anubis en place. Non sans mal.

« Il faudrait une tornade pour déplacer une masse pareille, monsieur le professeur, fit remarquer Hannibal. Pas une petite brise comme celle que nous avons. »

M. Yarborough se redressa.

« Alors, selon vous, ce serait une force surnaturelle qui aurait entraîné la chute d'Anubis ? demanda-t-il.

— J'ignore la nature de cette force, répondit Hannibal. Pour l'instant, je me propose simplement de vous montrer comment une momie peut parler. »

Il prit la mallette des mains de Peter et l'ouvrit. Il en retira trois objets qui ressemblaient à des récepteurs de radio à transistors, d'un format supérieur au modèle de poche.

Hannibal détestait donner des explications quand il pouvait faire une démonstration. Il tendit l'un des postes à Peter. Puis il lui passa une ceinture de cuir complétée par un fil de cuivre. Il brancha sur l'appareil un fil électrique relié à la ceinture.

« Va te promener dans le jardin, commanda-t-il. Tiens le poste près de ton oreille. De temps en temps, appuie sur ce bouton et parle. Puis, pour écouter, lâche le bouton.

— Qu'est-ce que c'est que ce machin-là ? demanda Peter.

— Un walkie-talkie, autrement dit un poste émetteur-récepteur portatif, répondit Hannibal. La ceinture sert d'antenne. Portée : 800 mètres. Longueur d'onde choisie dans la gamme réservée aux amateurs. J'ai pensé que nous avions besoin de moyens de liaison sérieux lorsque nous opérions chacun de notre côté, et j'ai pensé la semaine dernière à mettre ces appareils au point.

— Bon, dit Peter. Qu'est-ce que je dois faire ? Je me promène dans le jardin et je parle tout seul. Qu'est-ce que je raconte ?

— Tout ce que tu veux, répondit Hannibal. Décris ce que tu vois, par exemple. Allez, file !

— D'accord », dit Peter. Puis, l'œil malin, il ajouta : « Voilà donc le secret de ta télépathie !

— Nous en reparlerons plus tard, fit Hannibal en souriant. Pour l'instant, il s'agit de faire une démonstration au professeur. Commence à parler quand tu seras... — le détective en chef regarda par la fenêtre — quand tu seras près de ce pilier surmonté d'une boule de pierre.

— Bien, patron. »

Le poste collé à son oreille, Peter passa sur la terrasse.

« Maintenant, monsieur le professeur, si vous me permettez de toucher à la momie... commença le détective en chef.

— Faites, je vous en prie, dit M. Yarborough. Mais doucement. »

Hannibal se pencha sur le sarcophage, puis il se redressa. A la main, il tenait le deuxième poste émetteur-récepteur ; le troisième avait disparu.

« Tu m'entends, Peter ? demanda Hannibal dans son appareil. Vas-y, parle. Monsieur le professeur et toi, Bob, écoutez. »

Les spectateurs tendirent l'oreille. Un murmure leur parvint.

« Approchez-vous du sarcophage », commanda le détective en chef sans lâcher son poste de radio.

Le professeur et Bob se penchèrent à leur tour, et ils eurent nettement l'impression que c'était la momie qui chuchotait.

Chose curieuse, elle avait pris la voix de Peter Crentch, et elle disait :

« Je viens de dépasser le mur... Je m'avance vers un bouquet d'arbres.

— Continue », ordonna Hannibal.

Puis il se tourna vers le professeur et Bob :

« Vous voyez qu'il n'est pas difficile de faire parler une momie. »

Il souleva les bandelettes qui, naguère, dissimulaient le visage de Ra-Orkon et que le professeur avait déroulées, dessous apparut le troisième poste émetteur-récepteur d'où provenait la voix de Peter, alors qu'elle semblait sortir des lèvres de la momie.

« Voilà une solution scientifique, monsieur le professeur, dit Hannibal. Un petit récepteur caché auprès de la momie. Un émetteur à l'extérieur de la maison. L'impression produite est indéniablement... »

A ce moment, la voix de Peter retentit, plus sourde :

« Quelqu'un se cache dans les buissons qui sont devant moi... C'est un garçon... Il ne se doute pas que je l'ai vu... Je vais lui sauter dessus.

— Attends un moment, fit Hannibal. Nous allons venir t'aider.

— Il pourrait s'échapper, objecta Peter. Je vais faire semblant de me promener, puis je me jetterai sur lui. Dès que vous m'entendrez crier, arrivez.

— Entendu, acquiesça Hannibal. Empoigne-le et nous accourrons à la rescousse. »

Il se tourna de nouveau vers le professeur :

« Un inconnu rôde autour de la maison, annonça-t-il. Si nous réussissons à nous emparer de lui, le mystère sera peut-être éclairci.

— Peter n'émet plus, dit Bob plein d'impatience. Je voudrais bien savoir ce qui se passe là-bas. »

Ils attendirent en silence.

Peter marchait toujours d'une allure de flâneur, affectant de ne pas voir la silhouette cachée dans les buissons qu'il était en train de contourner. Lorsqu'il estima avoir coupé la retraite à l'inconnu, il se rua soudain vers la cachette. Un garçon de la taille de Bob, le teint olivâtre et les yeux très noirs, bondit. Peter le plaqua au sol. Les deux garçons ne furent plus qu'une masse indistincte et tourbillonnante, leurs bras et leurs jambes inextricablement emmêlés.

« Je le tiens ! » rugit Peter.

L'inconnu cria aussi, mais dans une langue incompréhensible. Les deux jeunes lutteurs roulèrent sur le poste de radio que Peter avait abandonné et qui craqua sous leur poids.

Le garçon olivâtre était mince et souple comme une anguille. De plus, il se débattait furieusement. Une fois, il faillit échapper à Peter qui le rattrapa au dernier moment. Puis, la pente aidant, les combattants roulèrent de nouveau l'un sur l'autre, vers le mur de pierre qui limitait la propriété du côté du cañon.

De nouveau, l'inconnu poussa un grand cri. Peter, lui, n'allait pas perdre son souffle en paroles. Il savait que ses camarades étaient en chemin.

En effet, ils galopaient déjà vers lui. Malgré sa légère claudication, Bob s'était précipité le premier dans le jardin, suivi de près par Hannibal et le professeur Yarborough lui-même !

Mais les renforts n'eurent pas le temps de traverser la terrasse que Peter reçut du renfort d'une autre direction. Un ouvrier en combinaison bleue, lâchant la bêche qu'il tenait à la main, descendit la pente à toute allure.

Aussitôt M. Yarborough ralentit la sienne.

« C'est Magasay, l'un de mes jardiniers, expliqua-t-il. Il y en a sept. Ils sont tous frères, et tous experts en judo, car ils viennent des Philippines. Ils se ressemblent tellement que je ne sais jamais auquel des sept je parle. Malgré leur petite taille, ils sont forts comme des Turcs. L'aide de celui-ci sera plus précieuse que la nôtre pour votre camarade. »

Le professeur ne se trompait pas. D'un bras de fer, le jardinier avait enserré le cou du garçon inconnu et le soulevait de terre ruant et gigotant.

« Moi tenir vagabond ! annonça le jardinier philippin. Moi tenir bien. »

Peter se releva. Le prisonnier, dans ses efforts pour se libérer, avait fait pivoter Magasay sur lui-même.

« Attention, c'est une vraie panthère ! » recommanda Peter.

Le garçon bredouilla quelque chose d'incompréhensible. Le jardinier répliqua dans son mauvais anglais :

« Toi pas bouger. Pas forcer moi blesser toi. »

Puis, dans son émotion, il ajouta quelques mots, qui ressemblaient à des injures bien senties, dans sa propre langue. Soudain, il poussa un cri de douleur. Le garçon lui échappa, descendit la pente, franchit le mur, et disparut dans le fond du cañon avant que Peter ait eu le temps de bouger.

Justement, Hannibal, le professeur et Bob arrivaient sur les lieux.

« Que s'est-il passé ? demanda M. Yarborough. Comment a-t-il pu s'échapper ? »

Le jardinier se retourna, l'air gêné.

« Lui mordre, dit-il. Mordre pas faire partie judo. Alors moi pas penser lui mordre. »

Il tendit sa main droite. Les dents du garçon inconnu s'étaient profondément enfoncées dans sa chair. Le sang coulait.

« Vous avez fait de votre mieux, dit le professeur. Allez immédiatement désinfecter votre blessure.

— Moi regretter beaucoup », remarqua Magasay.

Il s'éloigna vers son camion, qu'il avait garé de l'autre côté de la maison. Comme beaucoup de jardiniers de Californie, ses frères et lui avaient fondé une entreprise de jardinage ; ils travaillaient dans plusieurs propriétés à la fois et leur matériel leur appartenait.

Peter n'avait pas encore repris son souffle.

« Pas de chance ! haleta-t-il. Je croyais bien que nous le tenions.

— Qui peut-il être ? demanda Bob. Que faisait-il ?

— Il avait l'air de guetter quelque chose, répondit Peter. Je l'ai vu bouger. C'est alors que je vous ai prévenus.

— De toute évidence, il aurait pu nous donner des renseignements importants, dit Hannibal en se pinçant la lèvre.

— Les garçons, fit alors le professeur Yarborough, vous ne l'avez peut-être pas remarqué sur le moment, mais... »

Les trois détectives regardèrent le professeur en se demandant ce qu'il allait leur révéler.

« Au moment où Peter s'est jeté sur ce gamin, celui-ci a crié quelques mots. Grâce au poste de radio, nous avons pu les entendre.

— Il a parlé dans une langue étrangère, remarqua Peter.

— Oui, reconnut le professeur. En arabe moderne. Et il a dit : "Je supplie l'esprit de Ra-Orkon de me venir en aide." »

Hannibal allait répondre, mais Peter l'interrompit :

« Attention ! » hurla-t-il.

De la main, il désigna quelque chose.

L'une des énormes boules de pierre qui reposaient sur les piliers de l'entrée était tombée et dévalait la pente.

Roulant de plus en plus vite, elle paraissait foncer droit sur le groupe.

CHAPITRE VI

UN VISITEUR INATTENDU

Voyant l'énorme boule de pierre rouler vers eux, Bob et Peter allaient bondir de côté. Le professeur les arrêta :

« Ne bougez pas ! » ordonna-t-il.

Hannibal pensa que M. Yarborough avait un coup d'œil remarquable. En une fraction de seconde, il avait évalué la trajectoire et vu que la boule de granit passerait à quelque distance du groupe.

Ce fut précisément ce qu'elle fit, broyant à moitié de jeunes eucalyptus qui se dressaient un peu plus loin.

« Merci, monsieur le professeur ! s'écria Bob en essuyant la sueur qui mouillait son front. J'allais justement me cacher dans ce buisson d'eucalyptus.

— Moi, dit Peter, j'allais dans l'autre direction. Combien cela peut-il peser, une boule pareille ? Au moins une tonne !

— Un peu plus, répondit le professeur Yarborough. Avec ce diamètre-là, et la densité du granit étant de...

— Monsieur !... »

C'était la voix de Wiggins. Le valet accourait en gesticulant.

« J'étais dans la cuisine ! haleta-t-il. J'ai tout vu... Monsieur n'est pas blessé ?

— Vous voyez bien que non, dit le professeur. Et je vous interdis de dire ce que vous avez sur le bout de la langue.

— C'est mon devoir de le dire à monsieur et je le dirai, répliqua Wiggins. La malédiction de Ra-Orkon a fait rouler cette boule. La malédiction de Ra-Orkon tuera monsieur, et peut-être nous tous avec lui.

— La malédiction de Ra-Orkon ? demanda Hannibal. La momie est-elle maudite, monsieur le professeur ?

— Bien sûr que non ! s'écria M. Yarborough. Je suppose que vous êtes trop jeune pour vous en souvenir, mais à l'époque où j'ai découvert le tombeau de Ra-Orkon dans la vallée des Rois, les journaux ont répandu des histoires stupides au sujet d'une certaine inscription gravée sur un mur.

— L'inscription disait : *Malheur à qui troublera le repos de Ra-Orkon le Juste qui dort ici,* balbutia Wiggins. Or, un à un, presque tous les membres de l'expédition sont morts ou ont été gravement atteints d'une façon ou d'une autre parce que...

— Wiggins ! tonna le professeur. Vous perdez le respect !

— Oui, monsieur. Je demande pardon à monsieur, fit le valet, très ému.

— L'inscription disait ceci, reprit le professeur : *Ra-Orkon le Juste dort ici. Malheur si son repos est troublé.* Malheur à Ra-Orkon, c'est évident. Il est vrai que Lord Carter interprétait ce texte autrement, mais je suis sûr que c'est lui qui faisait un contresens. »

Après une pause, M. Yarborough poursuivit :

« Néanmoins, il est exact qu'un certain mystère entoure la momie de Ra-Orkon. Lord Carter et moi, nous avons découvert sa tombe presque par hasard. Elle était bien cachée dans les profondeurs d'une colline rocheuse. A l'intérieur, on ne voyait aucun des objets que l'on trouve généralement dans les tombes royales. Il n'y avait que ce sarcophage, tout simple. Dans le sarcophage, la momie de Ra-Orkon et celle de son chat favori, momifié avec lui. Il n'y avait aucune inscription pour dire ce que Ra-Orkon avait fait de son vivant, ce qui eût été conforme à la tradition. On aurait cru que les funérailles avaient été conçues de manière à ne pas attirer l'attention. Peut-être la famille avait-elle l'intention de construire plus tard un tombeau digne du défunt ? En tout cas, si les pilleurs de tombeaux, qui étaient très nombreux à l'époque, s'en étaient pris à celui-ci, ils en seraient restés pour leurs frais.

« D'un autre côté, la qualité de l'embaumement montre que cet homme n'était pas n'importe qui. Or, nous ne connaissons même pas la date de sa mort. Et son nom prête à confusion : la partie *Ra* fait songer à des rois des premières dynasties ; la partie *Orkon* suggère au contraire une influence libyenne. Les Libyens ont commencé leur migration vers l'Egypte il y a un peu plus de trois mille ans, et ont fini par régner sur ce pays. Une fois que, grâce au test du carbone radioactif, j'aurai établi la date exacte de la mise au tombeau, je compte faire une étude très poussée, pour déterminer les causes de cette inhumation discrète — on pourrait presque dire secrète.

« Quant aux sottises que raconte Wiggins au sujet des malheurs arrivés aux membres de l'expédition, ne vous y trompez pas. Lord Carter est mort dans un accident d'automobile. Alec Freeman, brillant autodidacte qui me servait de secrétaire, a été assassiné dans un marché. Il était le père de mon ami, le professeur Freeman, qui habite de l'autre côté du cañon.

« Le photographe et le secrétaire particulier de Lord Carter ont été blessés dans le même accident de voiture que leur employeur, mais ont vécu ensuite de longues années en parfaite santé. Le chef de chantier, un Egyptien, est mort d'une piqûre de serpent.

« Il n'y a rien d'étonnant à ce que, en un quart de siècle, meurent plusieurs personnes qui faisaient partie d'un groupe. Croyez-moi : cette malédiction est une fumisterie. »

Bob et Peter échangèrent un regard. Ils auraient aimé croire ce que leur disait le professeur, mais, malgré eux, ils en doutaient.

« Encore une chose, dit M. Yarborough. Bien entendu, cela n'a aucun rapport avec les chuchotements de la momie. La semaine dernière, le jour même où on m'amenait Ra-Orkon, un marchand de tapis libyen, Ahmed Je-ne-sais-plus-quoi, s'est présenté chez moi. Il voulait que je lui donne Ra-Orkon. Il prétendait être au service d'une grande famille libyenne, les Hamid, et m'assurait que Ra-Orkon était le lointain ancêtre de son patron. La chose aurait été révélée aux Hamid par un sorcier qui aurait eu des visions. Quelles sornettes ! Je l'ai envoyé promener, bien entendu. En partant, il m'a prévenu que l'esprit de Ra-Orkon ne me laisserait pas de paix tant que je n'aurais pas rendu la momie à la famille des Hamid pour qu'ils lui donnent la sépulture qui convient. »

Nouveau regard échangé par Peter et Bob. Selon eux, les choses allaient de mal en pis, encore que Babal parût ravi de tous ces mystères superposés.

« Bon, fit le professeur. Maintenant laissons là ces superstitions ridicules, et allons voir pourquoi cette boule est tombée de son pilier. »

Suivi des garçons et du valet, M. Yarborough alla examiner le pilier. Un anneau de ciment avait servi à sceller la boule sur son support. Les intempéries avaient peu à peu désagrégé le ciment. De plus, par suite d'un tassement de terrain, le pilier se trouvait légèrement incliné dans le sens de la pente.

« C'est parfaitement clair, décida le professeur. La pluie et le vent ont emporté, par érosion, une partie du ciment. Comme le pilier penchait de ce côté, il était normal que la boule, descellée, se mît à rouler. Il est possible que la première commotion ait été provoquée par une secousse tellurique. Chaque année, il y en a d'imperceptibles dans cette région. »

Le valet s'éloigna, hochant la tête : il n'était pas convaincu. Les autres regagnèrent tous ensemble le musée, où ils se rassemblèrent autour du sarcophage.

« Prenez garde ! » hurla-t-il. →

« Votre solution était très ingénieuse, mon jeune ami, dit M. Yarborough à Hannibal. Néanmoins ce n'était pas la bonne, puisque aucun poste radio ne semble dissimulé dans le sarcophage.

— Vous en êtes-vous assuré, monsieur le professeur ? demanda Hannibal respectueusement.

— Au fait, non, reconnut le savant. Je suppose que j'aurais dû y penser. »

Il enleva le poste de radio qu'Hannibal avait laissé auprès de Ra-Orkon. Puis il tâta les linges enroulés autour de la momie, il la souleva elle-même avec mille précautions : le sarcophage était vide.

Hannibal parut perplexe. Il inspecta le sarcophage, examina le couvercle, inclina la caisse pour regarder dessous.

« Non, conclut-il. Il n'y a pas de fils, il n'y a pas de récepteur. Je regrette, monsieur le professeur. Ma première hypothèse s'est révélée erronée.

— C'est une chose qui arrive souvent aux premières hypothèses, répondit M. Yarborough avec indulgence. Peut-être en avez-vous une seconde ?

— Pas pour l'instant, monsieur. Vous dites que la momie ne vous parle que seul à seul ?

— Oui. De plus, jusqu'à maintenant, elle ne m'a jamais parlé qu'à la fin de l'après-midi. »

Hannibal se pinça la lèvre.

« Quelqu'un d'autre que vous habite-t-il la maison, monsieur le professeur ?

— Wiggins, c'est tout. Il est à mon service depuis dix ans. Avant, il était acteur comique, si je ne me trompe... Une femme de ménage vient nettoyer trois fois par semaine. Wiggins me sert de chauffeur et de cuisinier aussi bien que de valet.

— Les jardiniers ? demanda Hannibal.

— Les sept frères Magasay travaillent ici depuis huit ans. D'ailleurs ils n'entrent jamais dans la maison.

— Oui... murmura Hannibal d'un air méditatif. Il faut que j'entende la momie parler. Moi-même.

— Malheureusement, elle paraît décidée à ne parler qu'à moi, objecta le professeur. Elle n'a pas voulu adresser la parole à Wiggins, ni au professeur Freeman.

— Et toi, Babal, elle ne te connaît pas du tout. Pourquoi veux-tu qu'elle se mette à te faire des confidences ? intervint Bob.

— Hé là, dites donc ! fit Peter. A vous entendre, tous, on croirait que cette momie reconnaît les gens !

— Hypothèse non scientifique, je l'avoue, dit le professeur. Et cependant... il semble bien qu'il en soit ainsi. »

Hannibal paraissait sûr de lui.

« Je pense, déclara-t-il, que la momie acceptera de me parler. Ainsi je disposerai d'informations supplémentaires. Ce soir, monsieur le professeur, nous reviendrons vous voir et nous procéderons à une petite expérience. »

*
* *

« Où Babal est-il encore passé ? demanda Peter en regardant la pendule électrique du P.C. Il est six heures et quart et nous avions rendez-vous à six heures.

— Il a peut-être dit à sa tante où il allait », répondit Bob.

Bob venait de consigner par écrit tous les éléments recueillis le matin. Il avait passé l'après-midi dans une bibliothèque où il travaillait à mi-temps.

« Non, fit Peter. Babal n'a rien dit à sa tante. Il est parti avec la Rolls. Je vais essayer de le détecter au périscope panoramique. »

Peter mit le périscope en position haute et cala son œil à l'oculaire.

« Voilà la Rolls ! s'écria-t-il au bout d'un instant. Et Babal regarde par la portière. Peut-être essaie-t-il de nous joindre à la radio. »

Le détective adjoint revint précipitamment au bureau sur lequel était posé l'amplificateur du téléphone. Hannibal l'avait encore perfectionné, et maintenant il transmettait tout ce qui se disait dans la caravane, à moins qu'on ne prît la précaution d'en arrêter le fonctionnement. Peter et Bob n'avaient été mis au courant de ces transformations que sur le chemin du retour.

« Et Hannibal qui se faisait passer pour télépathe !

grogna Peter en s'asseyant. Ce matin, il nous a entendus parler de M. Hitchcock et de Mme Banfry. En poussant sa bicyclette, monsieur nous espionnait ! »

Peter se pencha vers le poste fixe et, enclenchant un bouton, il annonça :

« Ici le P.C. Détective en chef, m'entends-tu ? Parle. »

Puis il lâcha le bouton et écouta. D'abord un chuintement se fit entendre, puis vint la voix d'Hannibal :

« Ici détective en chef. Vous rejoindrai aussitôt que possible. Constate que vous avez utilisé le périscope panoramique. Veuillez le remettre en position basse. Terminé pour moi.

— Compris », répondit Peter en coupant le circuit.

Avant de baisser le périscope, Bob y jeta un coup d'œil.

« Comme observateur, Babal se pose là ! commenta-t-il. Je vois la Rolls qui entre dans la cour. Hannibal descend. Il se dirige vers le P.C. Il a un sac à la main. Warrington reste sur son siège. La voiture ne s'en va pas. Dans un instant, Babal sera ici. »

Quelques minutes se passèrent et Babal n'arrivait pas.

« Il n'est tout de même pas resté coincé dans le "Tunnel numéro 2". » s'écria Bob.

A ce moment, quelques coups furent frappés au plancher de la caravane, sur un rythme convenu que les trois détectives étaient seuls à connaître. Puis la trappe se souleva. Une tête apparut... mais quelle tête !

Peter et Bob n'en croyaient pas leurs yeux. Le personnage qui s'introduisait dans la caravane avait des cheveux blancs et touffus, une barbiche et des lunettes à monture dorée.

« Le professeur Yarborough ! cria Peter. Comment êtes-vous entré ? Qu'est-il arrivé à Babal ?

— Il n'a pas tenu contre la malédiction de Ra-Orkon, répondit le vieux monsieur en grimpant par la trappe avec une agilité surprenante pour son âge. Il est devenu moi ! »

En un tournemain, Hannibal Jones ôta sa perruque blanche, ses lunettes et sa barbiche.

« Si je vous ai donné le change pendant un moment, dit-il en souriant, il en sera bien de même avec une momie vieille de trois mille ans et qui ne peut même pas ouvrir les yeux.

— Babal ! murmura Bob, encore incrédule.

— Mazette ! dit Peter. Tu nous as eus ! Mais quelle drôle d'idée de te déguiser en professeur !

— C'est nécessaire à mon expérience », répondit Hannibal en rangeant ses accessoires dans le sac qu'il portait.

Il se montra en pleine lumière, et ses camarades virent alors que des rides tracées sur son front et au coin de ses yeux lui vieillissaient le visage.

« Je suis allé trouver M. Grant, le maquilleur des studios de cinéma, expliqua Hannibal. Je lui ai décrit le professeur, et il m'a fait la tête que je lui ai demandé.

— Pourquoi ? questionna Bob.

— Pour tromper la momie.

— Pour tromper la momie ? se récria Peter. Qu'est-ce que ça veut dire ?

— Si la momie me prend pour le professeur

Yarborough, elle me parlera peut-être, répondit Hannibal, puisqu'elle ne veut parler à personne d'autre.

— Minute, papillon ! fit Peter. A t'écouter, on croirait que cette momie ne fait pas que parler : elle reconnaît les gens. Enfin, quoi ! Elle est morte depuis trois mille ans, cette momie, oui ou non ? Si tu continues à la traiter comme une personne vivante, moi, je ne suis pas d'accord. Je propose de laisser cette momie parler toute seule tant qu'elle voudra. Nous, nous irons chercher le chat de Mme Banfry. »

Bob allait donner son avis, mais il se retint. Hannibal se pinçait la lèvre.

« Bref, tu ne veux pas venir avec nous, Peter ? demanda-t-il. Tu ne veux pas aller écouter les chuchotements de la momie ? »

Le jeune Crentch hésita. Il regrettait déjà d'avoir été aussi catégorique. Mais, obstiné de nature, il s'entêta :

« Précisément. La prochaine fois, c'est peut-être tout le toit qui va tomber d'un seul bloc. Après ce chacal, ce masque et cette boule, moi, j'ai compris. Ra-Orkon nous en veut : c'est clair.

— Parfait, dit Hannibal calmement. Nous sommes trois. Il n'y a pas la moindre raison pour que nous ne nous occupions pas de plusieurs affaires à la fois. Va voir Mme Banfry. Bob et moi, nous allons voir la momie comme prévu. D'accord, Bob ? »

Peter ne s'attendait pas à ce qu'Hannibal le prît au sérieux, Bob le savait bien. Mais après tout, le détective en chef avait raison : l'agence pouvait enquêter simultanément à Hunter Cañon et à Santa Monica. Bob fit donc oui de la tête.

« Parfait, décida Hannibal. Toi, Peter, tu as encore le temps d'aller voir Mme Banfry avant la nuit. Comme nous avons besoin de la Rolls, tu demanderas à Hans s'il peut te conduire à Santa Monica avec la camionnette. »

Après un instant d'hésitation, Peter marmonna :

« D'accord, Babal. C'est entendu. »

Il ouvrit la trappe, sauta dans le trou et se faufila dans le « Tunnel numéro 2 ». Il émergea dans l'atelier et, se glissant entre les tas de matériaux divers, il gagna le bureau de M. Jones. Hans était justement en train de fermer, mais, par obligeance pour Hannibal, il accepta de conduire Peter à Santa Monica.

« Tout s'arrange pour le mieux, pensa le jeune Crentch. Moi, je vais retrouver le chat d'Abyssinie. Quant au patron et à l'archiviste, ils peuvent se transformer en momies eux-mêmes si ça leur fait plaisir. »

CHAPITRE VII

LE DIEU-CHACAL PARAÎT

Cinquante minutes plus tard, Peter Crentch prêtait une oreille attentive aux lamentations de Mme Banfry sur son chat perdu.

Au même moment, Hannibal Jones entrait seul dans la salle de musée du professeur Yarborough, et en allumait le lustre. A l'extérieur, il faisait encore clair, mais, comme le soleil avait déjà disparu derrière le rebord du cañon, la maison était plongée dans la pénombre.

Hannibal se déplaçait avec la lenteur et la circonspection d'un vieillard. Il commença par se diriger vers les portes-fenêtres et les ouvrit. Puis il revint au sarcophage, en ôta le couvercle, et fixa son regard sur le visage d'ébène de la momie.

« Ra-Orkon ! prononça Hannibal à haute voix. Parlez, je vous écoute. Je ferai mon possible pour vous comprendre. »

En cette occasion, les talents d'imitateur d'Hannibal Jones ne furent pas perdus. Une personne non prévenue aurait certainement cru entendre parler le vieux professeur.

Non seulement le jeune détective portait sa perruque, sa barbiche et ses lunettes, mais il avait en outre emprunté une veste et une cravate appartenant à M. Yarborough. Comme le professeur était petit et rondelet, et que, de son côté, Babal avait, quelque temps plus tôt, mérité le surnom de Gros-plein-de-soupe, la ressemblance entre le vieil égyptologue et son double était frappante.

Dans le salon, Bob Andy et le véritable M. Yarborough attendaient les résultats de l'expérience, non sans un peu d'angoisse. Wiggins, qui avait à faire à la cuisine, n'était même pas au courant du déguisement.

Hannibal, penché sur le sarcophage, prononça une fois de plus d'unc voix légèrement chevrotante :

« O Grand Ra-Orkon, parlez-moi. Transmettez-moi votre message. »

Alors il perçut un bruit. Tournant la tête pour mieux entendre, il eut nettement l'impression de percevoir des mots prononcés par une gorge humaine.

Jamais il n'avait entendu la langue rauque, pleine de sifflantes, dans laquelle s'exprimait la momie.

Hannibal regarda autour de lui. A n'en pas douter, il était seul. La porte donnant sur le salon était fermée.

De nouveau, le détective en chef approcha son oreille des lèvres immobiles de la momie et il perçut le même chuchotement anxieux et impératif.

Alors Hannibal Jones sut que le professeur Yarborough ne souffrait pas d'hallucinations. La momie parlait : c'était certain.

Hannibal, lorsqu'il avait « lancé » son agence de renseignements, était convaincu de la nécessité de se munir des moyens de recherche les plus modernes. Aussi, depuis ses débuts, l'agence s'était-elle enrichie de tous les appareils et instruments sur lesquels les détectives pouvaient mettre la main, soit en les achetant, soit en réparant ceux qui arrivaient au Paradis de la Brocante hors d'état de fonctionner. Sans compter les appareils photographiques, le périscope, le microscope, le teléphone, les postes de radio, la firme possédait aussi un magnétophone portatif que Peter avait acquis en échange de sa collection de timbres.

Ce magnétophone, maintenant, allait entrer en action.

Hannibal l'avait accroché à sa ceinture où il pendait, dissimulé par l'ample veste du professeur. Après avoir appuyé sur le bouton « enregistrement », le détective en chef dit :

« Ra-Orkon, je ne vous comprends pas. Voulez-vous répéter ? »

Le murmure, qui avait cessé, reprit aussitôt. Ce fut

un long chapelet de mots chuchotés. Le micro les saisirait-il ?

Pendant plus d'une minute, la momie parla sans s'arrêter. Hannibal, tournant la tête pour mieux entendre, se prit alors la barbiche dans le bois du sarcophage qui était fendu.

Redressant la tête, il ne réussit qu'à décoller la barbiche, ce qui n'alla pas sans douleur.

« Aïe ! » cria-t-il de sa voix naturelle, sans plus songer à imiter celle du professeur.

En essayant de rattraper sa barbe, le malheureux détective perdit l'équilibre et tomba lourdement sur le parquet. Ses lunettes roulèrent au loin et sa perruque se rabattit sur ses yeux.

Il se releva en aveugle et faisant des efforts inutiles pour remettre son déguisement en place.

La porte s'ouvrit. Le professeur et Bob entrèrent en courant.

« Que se passe-t-il, Babal ? demanda Bob.

— Nous vous avons entendu crier, dit M. Yarborough. Avez-vous constaté un phénomène surnaturel ?

— Je n'ai constaté que ma propre sottise, répondit Hannibal, très vexé. Je crains bien d'avoir tout gâché. La momie était en train de me parler quand...

— Alors tu l'as trompée ! s'écria Bob.

— Je n'en sais rien. Voyons si elle va recommencer. »

Hannibal brancha de nouveau le microphone qu'il avait arraché en tombant, et s'inclina vers la momie.

« Parlez, Ra-Orkon. Parlez ! » supplia-t-il.

Tout le monde attendit en retenant son souffle. Mais Ra-Orkon ne dit plus rien.

« Pas la peine d'insister, décida Hannibal. Ra-Orkon ne parlera plus. Ecoutons la bande que j'ai enregistrée. »

On passa dans le salon. Hannibal ôta ce qui restait de son déguisement, plaça le magnétophone sur un secrétaire, rembobina la bande et enfonça le bouton « lecture ».

Pour commencer, il n'y eut qu'un bruit de fond très prononcé, le volume du son étant réglé au maximum. Puis on put entendre un chuchotement indistinct.

« Comprenez-vous, monsieur le professeur ? » demanda Hannibal, aussitôt après que sa propre voix eut lancé un « Aïe ! » retentissant.

M. Yarborough, qui paraissait très impressionné, secoua la tête.

« De temps en temps, il me semble saisir un mot, répondit-il, mais je n'en suis même pas certain. S'il s'agit d'une langue du Proche-Orient, ancienne ou moderne, la personne la mieux qualifiée de toute la

Californie pour l'interpréter est le professeur Freeman, dont je vous ai déjà parlé. »

M. Yarborough indiqua la fenêtre par laquelle on apercevait, de l'autre côté du cañon, la maison blanche du professeur Freeman, encore visible dans le crépuscule.

« C'est mon ami, et il habite tout près, poursuivit le savant. Du moins à vol d'oiseau, car pour aller jusque là-bas, il faut redescendre tout le cañon et le remonter. Cependant, si votre chauffeur nous y conduit, nous n'en aurons pas pour plus de dix minutes. Voulez-vous que nous y allions maintenant ? Nous demanderons à Freeman d'écouter cet enregistrement et il nous dira ce qu'il en pense. Il m'a déjà proposé de m'aider, encore qu'il n'ait guère cru mon histoire. »

Hannibal trouva l'idée excellente. Aussitôt le professeur appela son valet.

« Wiggins, dit-il, ces jeunes gens et moi, nous allons rendre visite au professeur Freeman. Restez à la maison. Si quoi que ce soit d'extraordinaire arrive, téléphonez-moi immédiatement.

— Bien, monsieur. »

Trois minutes plus tard, M. Yarborough, Hannibal et Bob roulaient vers la maison du professeur Freeman. La nuit était déjà presque complète. Wiggins retourna dans la cuisine où il avait entrepris d'astiquer des cuivres d'Orient. Il se remit au travail. Quelques instants se passèrent, et alors un léger bruit se fit entendre à l'extérieur de la maison.

Bien que le bruit ne se répétât pas, Wiggins se leva et, empoignant un vieux cimeterre qui faisait partie de la collection du professeur, il se dirigea vers le musée. Là, tout paraissait en ordre. Le couvercle du sarcophage était en place ; les portes-fenêtres, qu'il avait lui-même refermées tout à l'heure, étaient toujours closes.

Le valet ouvrit l'une d'entre elles et passa sur la terrasse. Soudain une voix rauque et impérieuse retentit à son oreille. Wiggins, à bout de nerfs, pivota sur les talons, l'œil hagard.

Dans le jardin, les buissons bougèrent. Wiggins leva le cimeterre pour se protéger. Une étrange silhouette se montra : elle avait le corps d'un homme mais la tête d'un chacal, avec des yeux enflammés, fixés sur le valet.

Wiggins blêmit.

« Anubis ! cria-t-il d'une voix étranglée. Le dieu-chacal !... »

Anubis, dieu redouté de toute l'ancienne Egypte, fit un pas de plus et tendit un index accusateur vers Wiggins qui, laissant échapper son arme, roula à terre sans connaissance.

CHAPITRE VIII

PRIS AU PIÈGE

La Rolls s'arrêta devant le petit pont qui reliait le garage du professeur Freeman, construit sur la pente abrupte du cañon, à la route de montagne, fort étroite à cet endroit. La maison se trouvait en contrebas.

« Les garçons, dit Warrington, je ne saurais me garer ici. N'importe quel chauffard pourrait m'érafler la carrosserie en débouchant de ce tournant. Je vais redescendre un peu : il y a un élargissement de la route prévu pour stationner et pour admirer le paysage. Là-bas, j'aurai toute la place qu'il me faut. »

Warrington était très fier de la vieille Rolls et la soignait comme si elle lui avait appartenu.

Le professeur et les deux garçons descendirent de voiture et prirent un escalier cimenté qui, longeant le garage, conduisait à la maison. Ce fut M. Freeman lui-même qui vint leur ouvrir la porte lorsqu'ils eurent sonné.

« Enchanté de vous voir, monsieur Yarborough, dit-il. Entrez, je vous en prie. »

L'égyptologue ne perdit pas de temps pour expliquer à son jeune collègue qu'il apportait un enregistrement des murmures de la momie.

« Incroyable ! s'écria Freeman. Installez-vous. Nous allons écouter ça tout de suite, et je vais voir si je peux vous traduire ce que raconte le vieux mécréant. »

Le cabinet de travail de M. Freeman était plein de livres, de disques et d'électrophones dont il se servait pour ses travaux de philologie. Il y avait aussi plusieurs magnétophones.

M. Freeman plaça la bande sur l'un d'entre eux. Le chuchotement rauque s'éleva, prodigieusement amplifié. Malheureusement, la curiosité passionnée du philologue se transforma bientôt en perplexité, puis en déception.

« Désolé ! dit-il. Je n'ai pas compris un seul mot. C'est peut-être à cause du bruit de fond. Mais je viens de recevoir un appareil anti-parasites qui va nous permettre de l'éliminer, du moins je l'espère. Voyons ce que cela donne. »

M. Freeman quitta la pièce et revint aussitôt après avec un petit appareil qu'il brancha sur un autre magnétophone.

C'était le dernier espoir. Tout le monde se prépara à écouter.

*

* *

Au même moment, de l'autre côté du cañon, la camionnette du Paradis de la Brocante s'arrêtait devant la maison du professeur Yarborough. Il faisait nuit noire. Une seule fenêtre était éclairée.

« J'ai l'impression qu'il n'y a personne », dit Hans, qui conduisait.

Peter sauta à terre.

« Wiggins doit être là, répondit-il. Quand j'ai téléphoné à Warrington — vous savez que la Rolls a un téléphone à bord —, il m'a répondu qu'il avait conduit Babal, Bob et le professeur de l'autre côté du cañon pour consulter quelqu'un, mais qu'ils comptaient revenir ici. Je vais les attendre en tenant compagnie à Wiggins.

— Très bien, approuva Hans. Alors je m'en vais. Ce soir, Konrad et moi, nous allons au cinéma. »

La camionnette s'éloigna. Peter descendit l'allée pour aller sonner à la grande porte.

Tout en marchant, il songeait à son entrevue avec Mme Banfry. Mme Banfry, petite personne d'une cinquantaine d'années — les prévisions de Bob se vérifiaient sur plus d'un point —, s'était montrée extrêmement bavarde, mais, en somme, elle n'avait pas dit grand-chose. Son précieux chat d'Abyssinie, qui appartenait à une race très rare aux Etats-Unis, avait disparu depuis une semaine. A la différence de ses congénères, Sphinx était doux comme un agneau et confiant à l'excès. Mme Banfry craignait qu'il n'eût été enlevé. Cependant les Trois jeunes détectives, qui avaient réussi à retrouver le perroquet chéri de Mlle Waggoner, parviendraient peut-être à lui faire rendre son trésor.

Ce ne fut pas sans mal que Peter remit la conversation dans le droit chemin. Il finit tout de même par obtenir le signalement du chat : robe gris fumée, pattes blanches, et, détail singulier — surtout pour un chat d'Abyssinie car cette race a généralement des yeux orange ou jaunes —, yeux différents, l'un orange et l'autre bleu.

Ce sont des choses qui arrivent, précisa Mme Banfry. Bien entendu, cette imperfection interdisait à Sphinx les concours félins, mais, en revanche, elle lui prêtait un air d'omniscience vraiment impressionnant : on aurait cru qu'il comprenait tout ce qui se disait autour de lui et qu'il aurait été capable d'y répondre s'il avait voulu.

De plus, la différence caractéristique de ses yeux avait valu à Sphinx de voir son portrait publié dans la presse ! Mme Banfry montra même à Peter l'original d'une de ces photos en couleurs : c'était celle d'un fort beau chat gris fumée, avec les deux pattes antérieures toutes blanches et des yeux de couleurs nettement distinctes qui lui donnaient une expression mystérieuse.

Après avoir glané ces renseignements, Peter quitta Mme Banfry au plus vite. Il avait fini par décider que c'était son devoir d'aller défier la momie avec ses camarades.

Lorsque le jeune Crentch sonna à la porte de M. Yarborough, il n'y eut pas de réponse. Après avoir sonné une deuxième fois, Peter poussa la porte et entra.

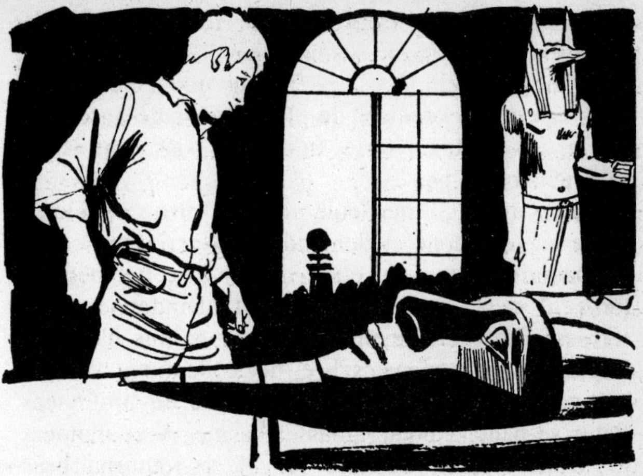

« Hé ! Wiggins ! appela-t-il. Où êtes-vous ? »

Silence.

« Il y a quelqu'un ? »

Pas un bruit.

Peter se dirigea vers le musée. La porte était ouverte, le lustre allumé, le sarcophage clos. Tout paraissait en ordre. La statue d'Anubis se dressait bien sagement à sa place.

Néanmoins, Peter ne se sentait pas à l'aise. De petits frissons lui parcouraient la moelle épinière, sans raison apparente.

Il fit quelques pas dans la salle. Ouvrir le sarcophage et jeter un coup d'œil à Ra-Orkon ? Il en eut bien l'idée. Mais supposez que la momie se mette à lui faire un discours ? Non, non, mieux valait garder ses distances.

Une des portes-fenêtres donnant sur le jardin était

entrebâillée, Peter alla respirer l'air du soir. Le crépuscule se fondait dans la nuit. Aucune brise n'agitait les feuillages. Les frissons que Peter sentait dans son dos devenaient de plus en plus désagréables. Enfin, quoi ! Babal et les autres ne pouvaient-ils pas se dépêcher un peu ?

Il n'y avait qu'une seule chose à faire : appeler la Rolls au téléphone et demander à Warrington ce qui se passait. Peter en était arrivé à cette décision lorsqu'il crut apercevoir un objet abandonné sur la terrasse. Instinctivement il alla voir ce que c'était. Il s'agissait d'un vieux sabre de collection, tout en bronze, qui devait provenir du musée du professeur. Peter se pencha pour ramasser l'arme. A ce moment, un bruit retentit derrière lui. Il se retourna brusquement.

Les buissons bougèrent. Le cœur de Peter battait de plus en plus vite. Soudain un petit animal bondit sur la terrasse et vint se frotter aux jambes du jeune garçon en ronronnant de plaisir.

« Un chat ! s'écria Peter en riant tout haut de soulagement. Ce n'était qu'un chat ! »

Il reposa le cimeterre sur le carrelage et prit le chat dans ses bras. C'était un gros matou gris, visiblement décidé à se montrer aimable. Il ronronnait toujours lorsque Peter faillit le lâcher de surprise : l'animal avait un œil orange et l'autre bleu.

« C'est Sphinx ! pensa aussitôt Peter. C'est le chat de Mme Banfry que j'ai retrouvé tout seul. Babal n'aura pas l'air fin quand il saura que j'ai résolu l'énigme du chat perdu, sans faire appel à son intelligence supérieure. »

Peter était si heureux d'avoir, pour une fois, damé

le pion à son chef, qu'il ne s'étonna même pas de la coïncidence qui avait amené le chat de Mme Banfry dans le jardin du professeur Yarborough. Voulant emporter l'animal dans la maison, le détective adjoint tourna le dos au jardin. Aussitôt il se sentit agrippé par les jambes et tomba en avant. Le chat lui échappa et fila dans les buissons.

L'inconnu qui avait « plaqué » Peter était plus petit que lui, mais il se battait avec courage et acharnement. Il fallut quelques secondes au jeune Crentch pour se dégager, puis pour reconnaître son assaillant : c'était le garçon qu'il avait surpris le matin même dans le jardin.

D'un violent coup de reins, Peter se retourna et roula sur l'adversaire qui se tortilla furieusement mais en vain. D'une clef au bras, Peter l'immobilisa. Puis, le maintenant fermement, il s'agenouilla au-dessus de lui.

« Qui es-tu ? demanda-t-il. Que fais-tu ici ? Pourquoi m'as-tu attaqué ? »

Le garçon au teint olivâtre et aux yeux noirs retenait difficilement des larmes de colère.

« Toi voler grand-père Ra-Orkon ! hurla-t-il. Puis toi essayer voler mon chat. Mais moi, Hamid de la tribu des Hamid, plus fort que toi. »

Peter écarquilla les yeux.

« Assez de blagues ! répliqua-t-il. Moi, j'ai volé grand-père Ra-Orkon ? Est-ce que j'ai une tête à voler des momies ? Et ton chat ? D'abord il n'est pas à toi, mais à Mme Banfry. Ensuite je ne l'ai pas volé. C'est lui qui est venu me trouver pour faire ami-ami avec moi. »

Le garçon étranger fronça le sourcil.

« Toi pas voler grand-père Ra-Orkon ?

— Je ne suis même pas sûr de savoir de qui tu parles. Si c'est la vieille momie toute mitée, pourquoi l'appelles-tu grand-père ? D'ailleurs elle n'est pas volée. Ça fait trois mille ans qu'elle n'a pas quitté son sarcophage. »

L'autre fit non de la tête.

« Grand-père volé, dit-il. Deux hommes voler grand-père il y a une demi-heure quand personne ici.

— On a volé Ra-Orkon ! s'écria Peter. Ce n'est pas vrai !

— C'est vrai, répondit le garçon avec dignité. Hamid de la tribu des Hamid mentir jamais. »

Peter jeta un coup d'œil en direction du musée. Le sarcophage paraissait intact. Mais on avait fort bien pu ôter la momie sans laisser de traces. L'affaire se compliquait de plus en plus.

« Ecoute, Hamid : tout ce que je sais c'est que la

momie racontait des histoires au professeur Yarborough et que nous essayions de savoir pourquoi. Peut-être pourrais-tu, toi, m'expliquer pourquoi la momie chuchotait ? »

Hamid sembla perplexe.

« Grand-père Ra-Orkon chuchoter ? Moi pas comprendre. Ça grand mystère.

— Tu l'as dit ! Mais comme tu as l'air d'avoir des lumières sur ce grand mystère, et que j'en ai aussi quelques-unes, nous pourrions peut-être ajouter les unes et les autres pour le résoudre ensemble. Commence par me raconter ce que tu faisais ici ce matin. »

Tout en parlant, Peter pensait que, la chance et Hamid aidant, il trouverait la solution des deux mystères à la fois : celui du chat et celui de la momie. Quelle victoire sur Babal !

Le garçon au teint olivâtre sembla hésiter.

« Très bien, dit-il au bout d'un instant, Hamid de la tribu des Hamid faire à toi honneur confiance. Toi laisser debout moi, ensuite nous parler. »

Peter lâcha son prisonnier, se releva et s'épousseta. Hamid en fit autant. Puis, se tournant vers le jardin obscur, il se mit à parler dans une langue inconnue.

« Moi appeler mon chat, expliqua-t-il. Esprit Ra-Orkon vivre dans chat et aider nous à trouver momie grand-père. »

Les deux garçons attendirent, mais le chat ne daigna pas se montrer.

« Je te dis que ce chat est celui de Mme Banfry, fit Peter. Il s'appelle Sphinx. Il a des yeux de couleur différente, une robe gris fumée et les deux pattes de devant blanches. Il ne peut pas y avoir d'erreur.

— Si, répliqua Hamid. Y avoir erreur. Pattes de

devant noires, pas blanches. Noires comme pattes chat favori Ra-Orkon momifié avec lui. »

Peter se gratta la tête. Rien de plus vrai : il n'avait pas pris la peine de vérifier la couleur des pattes. Donc, il pouvait fort bien avoir pris pour Sphinx un chat appartenant à ce garçon. Tout de même, c'était curieux : chercher un chat avec des yeux différents et en trouver un autre !

« On réglera ça plus tard, dit Peter. Pour l'instant, allons voir si la momie est là. »

Il s'aventura dans le musée, suivi de Hamid. Ensemble, ils soulevèrent le couvercle du sarcophage. Le sarcophage était vide.

« Il est parti ! s'écria Peter. Non seulement il discute, mais encore il se promène !

— Vous garçons américains faire enlever grand-père à moi ! accusa l'étranger.

— Non, mon vieux. Mes camarades et moi, nous ignorons tout de l'enlèvement. Nous essayions seulement de deviner pourquoi cette momie racontait sa vie. Et toi, tu ne savais même pas qu'elle parlait. Alors le mieux, c'est que tu me donnes tous les renseignements que tu possèdes ; je te donnerai tous les nôtres, et, comme cela, nous arriverons peut-être à quelque chose.

— Moi d'accord, répondit Hamid après une hésitation. Quoi toi vouloir connaître ?

— D'abord pourquoi appelles-tu grand-père cette momie vieille de trois mille ans ?

— Ra-Orkon ancêtre de la tribu des Hamid ! expliqua fièrement l'étranger. Il y a trois mille ans, des rois partir de Libye pour aller régner sur Egypte. Ra-Orkon grand prince. Lui être tué parce que lui bon et juste. Lui enterré secrètement pour que ennemis pas détruire son tombeau. Sa famille repartir pour Libye et maintenant s'appeler Hamid.

« Tout cela révélé à père à moi par sorcier Sardon. Lui connaître toutes les langues. Lui savoir passé, présent, avenir. Lui dire à mon père Ra-Orkon parti pour pays barbare et jamais dormir en paix si jamais enterré comme il faut. Mon père être malade et envoyer Ahmed Bey, intendant, et moi, fils aîné, pour ramener Ra-Orkon. »

Hamid s'arrêta pour reprendre son souffle. Peter, sans protester, encore qu'il n'aimât guère être traité de barbare, commençait à se faire une idée plus claire de la situation. Le professeur Yarborough lui-même avait parlé d'un marchand de tapis libyen appelé Ahmed qui avait réclamé la momie. Econduit, il avait sans doute envisagé de procéder d'une façon moins régulière...

« Donc, fit Peter, tu furetais ici ce matin pour essayer de voler la momie.

— Professeur barbare pas vouloir rendre grand-père à moi, dit Hamid, les yeux étincelants. Alors Ahmed et moi décider voler grand-père. Devoir à nous rendre la paix à lui. Ahmed déguisé jardinier et payer vrais jardiniers pour laisser lui travailler à leur place. Eux contents. Professeur remarquer rien. Personne jamais regarder jardiniers. Ahmed très adroit.

— Alors c'est ce coquin d'Alfred qui t'a empoigné ce matin ! s'écria Peter.

— Lui pas coquin. Lui pas Alfred. Lui Ahmed ! Ahmed Bey, intendant des Hamid. Lui crier à moi mordre lui. Professeur pas connaître langue arabe

libyenne. Moi mordre Ahmed. Ahmed lâcher moi. Vous tous trompés. »

Il fallut quelques secondes à Peter Crentch pour comprendre que le jardinier fidèle avait été en réalité un infidèle marchand de tapis, que le professeur Yarborough avait pris de l'arabe libyen pour un dialecte des Philippines, et que les deux complices qui s'étaient proposé de voler la momie avaient été devancés par d'autres malfaiteurs. Il y réfléchissait encore lorsque Hamid cria :

« Toi entendre ? Camion arrêté dans allée. »

Les garçons coururent à une fenêtre qui donnait du côté de l'allée. Deux individus à l'air sinistre descendaient d'un vieux camion qui avait été bleu. Ils se dirigèrent vers la terrasse.

« Les mêmes ! chuchota Hamid. Eux être voleurs grand-père. Moi voir eux. Eux placer paquet enveloppé dans camion il y a demi-heure. Alors moi aller voir sarcophage et trouver sarcophage vide. Maintenant eux revenir.

— Et ils ont l'air de se diriger par ici. Je me demande ce qu'ils vont faire, marmonna Peter.

— Nous vite nous cacher, dit Hamid. Peut-être eux vouloir voler autre chose. Nous cachés entendre ce que eux dire. Apprendre où eux mettre grand-père.

— L'idée est excellente, mais je ne vois pas très bien où nous pourrions nous poster. A moins d'aller dans les buissons...

— Alors nous entendre rien ! Vite. Nous aller dans sarcophage vide. Personne jamais deviner nous dedans.

— Juste », reconnut Peter.

Déjà le Libyen avait traversé la salle. Il se glissa dans le sarcophage.

« Y avoir place, souffla-t-il. Toi venir. Esprit Ra-Orkon protéger toi. »

Ce genre de déclaration n'était pas fait pour rassurer Peter Crentch. Néanmoins il n'y avait pas à hésiter. Les deux hommes arrivaient sur la terrasse. Le jeune Américain s'allongea dans le sarcophage, serré contre le jeune Arabe. Ensemble, ils tirèrent le couvercle à eux, de façon à le remettre en position. Ils prirent soin de laisser une fente dans un coin, en y introduisant le bout d'un crayon pour pouvoir respirer et entendre ce qui se dirait.

Ils étaient à peine installés que la porte s'ouvrit. Des pas lourds retentirent.

« T'as les cordes, Joe ? demanda une voix.

— Les v'là ! fit une autre voix, aussi grossière que la première. Mais tu sais, Harry, moi j'ai idée que ce client, il se paie notre tête. Il aurait pu commencer par nous dire ce qu'il voulait. Nous faire revenir pour l'emballage ! Je trouve, moi, qu'on devrait hausser nos prix, dans ces conditions !

— D'accord, Joe, reprit la première voix. On va en tirer le maximum... Allez, passe la corde. »

A la consternation de Peter et de Hamid, le sarcophage se trouva en un tournemain soulevé de terre et ficelé. S'ils n'avaient pas pris la précaution de se ménager un orifice respiratoire, ils auraient été asphyxiés en quelques minutes.

« Eux revenir chercher sarcophage, souffla Hamid. Quoi nous faire ? »

Dans l'obscurité, qui était absolue, Peter lui répondit :

« Ce qu'on a de mieux à faire, c'est de ne pas bouger. Nous allons pouvoir repérer leur mystérieux client. Dès que le client aura ouvert la caisse, nous filons dans toutes les directions.

— Hamid avoir jamais peur, déclara le Libyen en serrant les dents.

— Moi non plus », murmura Peter.

Mais il n'était pas très fier tout de même lorsque les deux hommes soulevèrent le sarcophage pour l'emporter.

« Ça en pèse, un poids, cette affaire-là ! grommela Joe.

— J'aurais jamais cru, dit Harry. Ho hisse ! »

Secoué de côté et d'autre, le sarcophage fut finalement déposé dans le camion.

« En route ! dit la plus grosse des deux voix. Je me demande bien, par exemple, pourquoi on peut avoir besoin d'une momie et d'une vieille caisse en bois.

— Y a des gens qui collectionnent n'importe quoi, répondit l'autre voix. En tous les cas, ça fait deux voyages que le gars nous doit. On embarque la marchandise chez nous et on la lui livre s'il est d'accord pour payer. Autrement, il peut courir ! »

Boum ! C'était la portière qu'on claquait. Grrr ! C'était le camion qui démarrait. Enfermés dans le sarcophage, Hamid et Peter partaient pour une destination inconnue.

CHAPITRE IX

DÉCOUVERTES SURPRENANTES

Pour la vingtième fois, le professeur Freeman écoutait la bande enregistrée, et les murmures de la momie retentissaient dans le salon. Le professeur Yarborough, Hannibal et Bob attendaient le verdict du savant.

« De temps en temps, il me semble saisir un mot », déclara enfin M. Freeman.

Il arrêta le mécanisme du magnétophone et offrit un cigare à M. Yarborough.

« Maintenant, demanda-t-il, expliquez-moi comment vous avez fait pour obtenir cet enregistrement. Et donnez-moi des détails sur la chute d'Anubis et sur cette sphère de granit qui jouait au billard toute seule. »

Il écouta le récit du professeur Yarborough avec la plus grande attention. L'égyptologue n'avait pas encore terminé quand la sonnerie se fit entendre.

« Excusez-moi, dit M. Freeman. On sonne à la porte du garage. J'y vais. D'ailleurs nous avons tous mérité une petite récréation. »

Il sortit. M. Yarborough s'adressa aux deux garçons :

« Je vous l'avais bien dit : si quelqu'un est capable de comprendre Ra-Orkon, c'est mon ami Freeman. Du reste, je crois vous avoir précisé que son père me servait de secrétaire quand j'ai découvert le tombeau de Ra-Orkon.

— C'est lui qui a été assassiné peu de temps après ? demanda Bob.

— Oui, répondit M. Yarborough, l'air chagriné. Mais je ne voudrais pas que vous attribuiez sa mort à une malédiction de quelque ordre que ce soit. Alec Freeman était un homme téméraire. Il s'est aventuré dans les quartiers dangereux du Caire, en pleine nuit. C'est là qu'il a été poignardé. Quant à son fils, il est devenu l'un de nos plus grands experts en matière de philologie du Proche-Orient. »

M. Freeman reparut, apportant un plateau chargé de verres pleins de limonade.

« C'était un membre d'une société de bienfaisance qui venait proposer des billets de tombola, expliqua-t-il. Maintenant, nous allons nous rafraîchir un peu tout en écoutant la bande encore une fois. Je prendrai des notes au fur et à mesure. J'ai ici un dictionnaire extrêmement rare qui pourra nous aider. »

De nouveau, les murmures de la momie se firent entendre. Feuilletant son dictionnaire d'une main, le professeur prenait des notes de l'autre. Hannibal contenait son impatience avec difficulté ; Bob ne la contenait même pas.

Enfin M. Freeman se leva, alla à la fenêtre, s'étira, respira profondément et se tourna vers ses amis.

« Je crois avoir fait tout ce que je pouvais, dit-il. Le message paraît composé dans une très vieille forme de l'arabe ancien, forme pratiquement inconnue jusqu'à maintenant. Cependant, il me semble en avoir saisi le sens général. J'hésite, je l'avoue, à vous en faire part.

— Parlez, parlez ! insista M. Yarborough. Quel qu'il soit, ce message, je veux le connaître.

— Eh bien, répondit M. Freeman, qui ne paraissait pas très sûr de lui, si j'ai bien compris — ou plus exactement deviné, car, en vérité, les connaissances me font défaut —, le sens général serait celui-ci : “Ra-Orkon est trop loin de chez lui. Son sommeil a été troublé. Malheur à quiconque trouble son sommeil. Il n'y aura de paix pour lui que lorsque Ra-Orkon connaîtra la paix. Si Ra-Orkon n'est pas rendu aux siens, la mort s'abattra sur les sacrilèges.” »

Bob Andy avala sa salive avec difficulté. Hannibal Jones pâlit sensiblement. Le professeur Yarborough parut mécontent.

« Je n'ai jamais cru à cette malédiction ! déclara-t-il d'un ton obstiné. Je n'ai pas l'intention de commencer maintenant.

« Avez-vous constaté un phénomène surnaturel ? » →

— Vous avez raison, reconnut M. Freeman. Une malédiction, ce n'est pas scientifique.

— Vous voulez dire que c'est absurde !

— Je ne vois qu'une chance de percer l'énigme. Prêtez-moi le farceur pour quelques jours ; je réussirai peut-être à le faire parler plus clairement. Si nous comprenons comment il fait pour s'exprimer — car c'est là le point le plus inquiétant...

— Je suis de votre avis, acquiesça le professeur Yarborough. C'est en effet le point le plus inquiétant. Au reste, je vous suis reconnaissant de vos efforts, mais je ne voudrais pas me laisser intimider par une momie. Ces garçons m'aideront et, ensemble, nous tirerons la chose au clair. »

Après avoir pris congé du philologue, M. Yarborough et ses jeunes amis regagnèrent la Rolls que Warrington avait garée un peu plus bas sur la route.

« Je ne me trompais pas, dit M. Yarborough en s'installant sur les coussins, Freeman était bien

l'homme qu'il nous fallait pour interpréter ce message. Au fait, Hannibal, avez-vous une nouvelle hypothèse sur les procédés d'expression de Ra-Orkon ? Voilà qui m'intéresse plus que toutes les malédictions possibles et imaginables.

— Pour l'instant, avoua Hannibal, je suis complètement perplexe, et je n'ai aucune hypothèse à vous proposer.

— Quel casse-tête ! » murmura Bob.

Warrington arrêta la voiture devant le perron.

« Nous voici arrivés, monsieur le professeur, annonça-t-il.

— Pas de camionnette en vue, constata Hannibal. Je suppose que Peter nous attend à l'intérieur. »

On entra. Dans la maison, les lumières étaient allumées, mais, apparemment, il n'y avait personne.

« C'est bizarre, remarqua le professeur. D'habitude, Wiggins vient à ma rencontre quand je rentre. Wiggins ! Wiggins ! appela-t-il en élevant la voix.

— Peter ! cria Hannibal. Peter ! Es-tu là ? »

Le silence seul leur répondit.

« Etrange », murmura M. Yarborough.

Hannibal paraissait soucieux.

« Je pense que nous devrions fouiller la maison, monsieur.

— Excellente idée. Commençons par le musée. »

On passa dans le musée. Tout y paraissait en ordre à cela près que... le sarcophage avait disparu.

« Ra-Orkon est parti ! » s'exclama Bob.

M. Yarborough se précipita à l'endroit où, quelques heures plus tôt, le sarcophage se trouvait encore. Là, le parquet était légèrement griffé. Un foulard bleu roulé en boule traînait derrière une vitrine. Babal s'en empara aussitôt.

« On a volé Ra-Orkon ! dit le professeur d'un ton incrédule. Ces rayures sur le parquet montrent qu'on a déplacé le sarcophage. Mais qui donc pouvait s'intéresser à ce point à ma momie ? Elle n'avait pourtant pas de valeur marchande... »

Soudain il fronça les sourcils.

« J'y suis ! cria-t-il. Cet Ahmed Je-ne-sais-quoi ! Il voulait Ra-Orkon. C'est lui qui l'a volé. Je vais lui mettre la police aux trousses. Seulement... — le professeur parut hésiter — si je m'adresse à la police, il va falloir que je raconte tout. Les journaux répéteront que la momie me parlait ! J'aurai l'air d'un jocrisse ! »

Il se mordit la lèvre. Il ne savait quel parti prendre.

« Ma réputation m'est plus chère que la momie », murmura-t-il.

Bob n'avait pas de suggestion à faire. Hannibal brandit le foulard bleu.

« Il a fallu au moins deux hommes pour emporter le sarcophage, monsieur, dit-il. Cet Ahmed — s'il est coupable — avait sûrement un complice. C'est ce que paraîtrait confirmer la présence de ce foulard. Les ouvriers en portent souvent de ce genre. Il est possible aussi que ce M. Ahmed ne soit pas dans le coup et qu'une autre personne ait enlevé la momie.

— Je n'y comprends rien ! répondit M. Yarborough en se passant la main sur le front. La momie commence par me parler, puis elle disparaît. Je ne sais vraiment plus où j'en suis. »

Soudain il s'écria :

« Et Wiggins ? Nous avons oublié Wiggins ! Il était là. J'espère que ces bandits ne lui ont pas fait de mal.

— A moins qu'il ne travaille pour eux ? suggéra Bob qui avait lu beaucoup de romans policiers où le valet était le principal coupable.

— Absurde ! Wiggins est à mon service depuis dix ans et j'ai entière confiance en lui. Venez m'aider à le chercher. »

Le professeur se précipita sur la terrasse. Il aperçut le cimeterre abandonné sur le carrelage et le ramassa.

« C'est une arme de ma collection, dit-il. Wiggins a dû la prendre pour se défendre. Je crains bien qu'il n'ait été enlevé lui aussi. Alors nous serons obligés d'appeler la police, c'est évident. »

M. Yarborough était sur le point de rentrer dans la maison quand il perçut un léger gémissement provenant des buissons qui bordaient la terrasse. Hannibal entendit aussi le gémissement et fut le premier sur place.

« C'est Wiggins ! » cria-t-il.

Wiggins gisait dans l'herbe, les mains croisées sur la poitrine. Il respirait faiblement. Les buissons l'avaient caché à Peter et à Hamid.

« On l'a déposé ici, dit le professeur. Il n'a pu tomber dans cette position. Il semble en train de reprendre conscience. Wiggins ! Wiggins ! M'entendez-vous ? »

Le savant se penchait sur son serviteur. Les paupières du valet frémirent puis reprirent leur immobilité.

« Regardez ! fit tout à coup Bob en apercevant dans les broussailles un petit animal occupé à se lécher. C'est un chat ! Minet, minet, viens ici. »

Le chat vint aussitôt se frotter à la main que le garçon lui tendait. Bob le prit dans ses bras.

« Comme c'est curieux, dit-il. Il a un œil bleu et l'autre orange. Je n'ai jamais vu un chat pareil.

— Grands dieux ! s'écria le professeur très ému. Des yeux différents ! Montrez-moi ça. »

Bob lui tendit le chat. M. Yarborough l'examina attentivement.

« Un chat d'Abyssinie avec des yeux de couleurs différentes, murmura-t-il. Cela devient de plus en plus incompréhensible. Je vous ai dit, n'est-ce pas, que lorsque Ra-Orkon a été enterré, son chat favori a été momifié avec lui. Eh bien, c'était un chat d'Abyssinie ! Il avait des yeux de différentes couleurs et ses deux pattes de devant étaient noires. Il ressemblait en tout point à celui-ci ! »

Les garçons regardèrent. C'était vrai. Leur prisonnier avait les pattes de devant toutes noires.

« Wiggins nous expliquera peut-être ce mystère si nous arrivons à lui faire reprendre conscience, dit le professeur. Wiggins, mon vieil ami, parlez-moi ! Racontez-moi ce qui est arrivé ! »

Le valet ouvrit les yeux et regarda son maître, mais sans le voir. Il n'y avait aucune expression dans ses pupilles dilatées.

« Wiggins ! Que s'est-il passé ? interrogeait le savant. Qui a volé Ra-Orkon ? Le marchand de tapis ? »

Wiggins fit un effort pour parler.

« Anubis, souffla-t-il avec épouvante. Anubis...

— Quoi ! Vous prétendez qu'Anubis, le dieu à tête de chacal, a volé la momie de Ra-Orkon ?

— Anubis... » répéta le valet.

Puis il referma les yeux. Le professeur posa la main sur le front du valet.

« Il a la fièvre, dit M. Yarborough. Il va falloir l'emmener à l'hôpital. Mais j'attendrai encore avant d'alerter la police. Wiggins semble affirmer qu'un dieu égyptien a dérobé la momie de Ra-Orkon. De plus, nous trouvons un chat qu'on pourrait prendre pour la réincarnation du chat favori de Ra-Orkon, mort il y a trois mille ans. Tout cela n'a ni queue ni tête. Si vous voulez bien, nous transporterons Wiggins dans votre voiture. Lorsqu'il se sentira mieux, il pourra peut-être donner des explications précieuses. Voulez-vous vous charger du chat et m'appeler demain matin au téléphone pour savoir où nous en serons ? Mais d'abord, faisons soigner le malheureux. »

Avec l'aide de Warrington, on installa Wiggins dans la Rolls et on l'emmena dans une clinique privée appartenant à un ami du professeur Yarborough. Une fois le valet confié à la Faculté, les deux détectives se firent ramener au P.C.

« Dis donc, Babal, fit Bob en cours de route, tu ne crois tout de même pas que ce chat a un rapport quelconque avec la disparition de Ra-Orkon ? »

Le chat ronronnait tranquillement sur les genoux de l'archiviste.

« Un rapport ? Je suis sûr qu'il en a un. Il s'agirait de savoir lequel, et je n'en ai pas la moindre idée », répondit le détective en chef d'un air sombre.

Hannibal aimait comprendre les choses et, pour l'instant, il ne comprenait rien à rien. Cela le vexait profondément.

« Et Peter, où est-il passé ? demanda Bob. Il y a belle lurette qu'il n'a pas donné de ses nouvelles.

— Exact ! s'écria Hannibal en sursautant. Nous ferions mieux de téléphoner immédiatement à Mme Banfry. »

La luxueuse Rolls étant équipée d'un téléphone, il ne fut pas difficile de mettre cette idée à exécution. Hélas ! Mme Banfry répondit que Peter l'avait quittée depuis un bon moment.

Hannibal appela alors le P.C., mais n'obtint pas de réponse.

Il ne restait plus qu'à téléphoner à l'oncle Titus, qui déclara que Hans était rentré quelque temps plus tôt, mais qu'il était ensuite ressorti avec son frère pour aller au cinéma. La bicyclette de Peter était toujours garée dans l'entrepôt du Paradis de la Brocante.

« Où peut-il être ? murmura Bob, anxieux.

— Je me le demande, répondit Hannibal en hochant la tête. Peter est parti pour aller chez le professeur, c'est clair. Mais ensuite, que lui est-il arrivé ? Mystère. Nous attendrons qu'il fasse surface. J'ai confiance en Peter, tu comprends. »

Hannibal aurait peut-être eu moins de confiance dans les chances de réapparition de son adjoint, s'il avait su que, au moment où il parlait, le jeune Crentch et son ami Hamid, de la tribu des Hamid, enfermés dans le sarcophage de Ra-Orkon, roulaient vers un repaire de bandits non pas à Rocky, non pas même à Hollywood, mais en plein Los Angeles.

CHAPITRE X

LES PRISONNIERS N'EN MÈNENT PAS LARGE

Ce fut un long voyage. Le camion tressautait sur des chaussées mal pavées. Bien qu'étroitement serrés l'un contre l'autre, Peter et Hamid étaient tout de même secoués à chaque tour de roue.

L'air commençait à manquer. Heureusement la fente ménagée par Peter entre le couvercle et le sarcophage se trouvait du côté où les deux garçons avaient la tête, si bien qu'ils ne pouvaient être asphyxiés.

Hamid était plein de cran ; Peter se voyait obligé de l'imiter.

« Où toi croire eux emmener nous ? » demanda Hamid à voix basse.

Cette précaution était inutile : avec le bruit que faisait le camion, les garçons auraient pu hurler de toute la force de leurs poumons et personne ne les aurait entendus.

« D'après ce qu'ils ont dit, répondit Peter, ils veulent cacher le sarcophage chez eux avant de le livrer à leur client. Ce sera le moment de nous échapper. »

Il parlait avec plus d'assurancc qu'il n'en ressentait. Les deux hommes pouvaient fort bien laisser le sarcophage ficelé...

« Eux parler faire deux voyages, reprit Hamid. En colère contre quelqu'un. Quoi ça veut dire ?

— Quelqu'un les aura embauchés pour voler la momie de Ra-Orkon. Ils ont emporté la momie, mais le sarcophage leur a semblé trop encombrant : ils l'ont laissé. Le client leur a expliqué qu'il voulait avoir le sarcophage aussi. Ils sont allés le chercher, mais ils ont décidé de le cacher d'abord, de façon à se faire payer un supplément.

— Oui, dit Hamid. Moi croire toi avoir raison. Pourtant moi pas comprendre. Ra-Orkon grand-père à moi, pas à quelqu'un d'autre. Pourquoi quelqu'un d'autre vouloir momie grand-père à moi ?

— C'est là tout le mystère. Le mystère de *La Momie qui chuchotait,* comme Bob Andy appellera sûrement le récit de nos aventures.

— Bob Andy ? Qui ça, Bob Andy ? demanda Hamid.

— L'un des Trois jeunes détectives.

— Toi expliquer moi. »

Alors Peter raconta à Hamid l'histoire de l'agence de renseignements fondée par Hannibal. Le jeune Libyen sembla stupéfait.

« Vous autres, garçons américains, vous pas comme nous. Vous faire choses. Vous agir. Libye pas comme ça. Famille à moi acheter et vendre tapis Orient. Moi connaître tapis. Mais pas connaître empreintes digitales, magnétophones, périscopes, émetteurs-récepteurs...

— Minute, papillon ! s'écria Peter. Je suis une bourrique. Avec un émetteur-récepteur on peut appeler à l'aide ! »

Les dégâts causés au poste de Peter le matin même étaient sans gravité, et le garçon avait remis l'appareil en état de marche. Conformément aux instructions d'Hannibal, qui pensait que les Trois jeunes détectives devaient rester en liaison, le détective adjoint avait emporté le poste chez Mme Banfry et le tenait encore dissimulé dans sa veste.

Après s'être tortillé dans un sens et dans l'autre, Peter réussit à mettre la main sur l'appareil. Ensuite il détacha l'antenne qu'il avait passée autour de sa taille et la glissa à l'extérieur, centimètre à centimètre, par la fente du sarcophage. Enfin il appuya sur le bouton d'émission.

« Ici détective adjoint, annonça-t-il. Détective en chef, m'entends-tu ? A toi. »

Il relâcha le bouton pour écouter. D'abord il n'y eut que le silence. Puis une voix d'homme, sans doute celle d'un transporteur routier, parla :

« Dis donc, Tom, tu as entendu ça ? Il y a quelqu'un qui émet sur notre longueur d'onde.

— Oui, Jack, répondit une autre voix. Ça doit être un gosse. Ecoute, le gosse, essaie de ne pas manquer cette occasion de te taire. Nous, c'est du sérieux. Bon, alors, Jack, comme j'étais en train de te le dire, j'ai un pneu à plat. Je suis sur l'autoroute. Si tu peux...

— Au secours ! interrompit Peter. Ecoutez-moi. Je m'appelle Peter Crentch. Téléphonez de ma part, immédiatement, à Hannibal Jones, à Rocky. C'est un cas d'urgence.

— Téléphoner quoi ? A qui ? demanda la voix de Tom. Qu'est-ce que tu racontes, toi, le gosse ?

— Téléphonez à Hannibal Jones, à Rocky, répéta Peter. Dites-lui que Peter est coincé.

— Coincé ? où donc ? demanda la voix de Jack.

— Dans un sarcophage. Et le sarcophage est dans un camion. Et le camion va je ne sais où. Et les gens qui le conduisent ont volé la momie de Ra-Orkon. Hannibal comprendra. Prévenez-le.

— T'as entendu ça ? ricana Jack. Un camion dans un sarcophage ! Ma parole, faut être jeune et n'avoir rien à faire pour inventer des histoires pareilles.

— Je vous en supplie ! C'est la vérité vraie ! Appelez Babal ! hurla Peter.

— Bon, Tom, tu sais où je suis, reprit Jack, envoie-moi de quoi me dépanner. Toi, le gosse, assez blagué. On ne devrait pas permettre à des farceurs pareils d'encombrer les ondes. »

Et le silence se fit. Peter eut beau chercher, il ne trouva aucun moyen de rétablir le contact.

« Manqué, Hamid, avoua-t-il. J'aurais dû raconter une histoire d'argent perdu ou d'enlèvement, alors ces gars m'auraient cru. Mais un garçon enfermé dans un sarcophage, ça leur a paru invraisemblable.

— Toi faire quoi toi pouvoir, détective Peter Crentch. Sarcophages pas ordinaires en Amérique. Etre enfermé dedans non plus.

— Tu l'as dit, mon vieux. C'est une aventure qui arrive tous les trois mille ans, et il fallait que ce soit à moi... »

Le camion roulait toujours. Si Hannibal était ici, pensa Peter, il ne perdrait pas son temps : il réfléchirait. Essayons de réfléchir.

« Ecoute, Hamid. Tu parles tout de même très bien l'anglais pour un Libyen. Comment se fait-il ?

— Moi content si moi parler anglais bien, répondit Hamid d'un ton ravi. Moi avoir précepteur américain. Mon père, chef tribu Hamid, vouloir moi pouvoir voyager monde entier pour vendre tapis. Alors moi apprendre anglais, français, espagnol... Toi comprendre, détective Peter. En Libye, tribu des Hamid très respectée depuis beaucoup générations. Nous acheter et vendre meilleurs tapis Orient. Mais mon père très malade. Alors moi jeune recevoir formation pour remplacer lui.

— Et Ra-Orkon, qu'est-ce qu'il fait là-dedans ? Tu prétends qu'il est ton ancêtre, mais le professeur affirme qu'on ne sait rien de lui.

— Professeur connaître livres, livres, livres et pas autre chose. Beaucoup connaissances pas se trouver dans livres. Il y a six mois, sorcier Sardon venir maison Hamid. Mon père donner à manger à Sardon. Sardon tomber en transe et parler beaucoup langues incompréhensibles. Puis esprit Ra-Orkon parler par lèvres Sardon.

« Ra-Orkon dire lui bientôt envoyé dans pays hommes barbares à peau claire. Jamais pouvoir reposer en paix loin pays natal. Lui ancêtre tribu Hamid. Chef tribu Hamid devoir sauver lui. Si chef tribu partir pour pays barbare, Ra-Orkon apparaître sous forme de chat avec des yeux différents et pattes de devant noires. Ainsi mon père savoir esprit Ra-Orkon protéger lui.

« Après discours Ra-Orkon, Sardon se réveiller et plus rien savoir sur Ra-Orkon. Sardon homme très vieux, boiteux, borgne avec longs cheveux blancs. Marcher avec bâton. Avant de partir, lui regarder dans boule de cristal avec œil unique et dire à mon père beaucoup choses étranges sur passé et avenir.

— Mazette ! s'écria Peter. Et alors, ton père, qu'a-t-il fait ?

— Lui envoyer Ahmed intendant au Caire. Ahmed apprendre Sardon dire vérité : momie Ra-Orkon être dans un musée, mais devoir bientôt partir pour Etats-Unis. Alors mon père malade envoyer moi, fils aîné,

avec Ahmed, en Californie, chez professeur Yarborough, pour ramener grand-père en Libye. Ahmed essayer persuader professeur, mais pas réussir.

— A ce que j'ai cru comprendre, le professeur l'a même envoyé promener vertement, dit Peter.

— Alors Ahmed déguisé lui en jardinier pour rester près momie et la prendre quand occasion se présenter. Moi aussi tourner autour maison pour aider. Comme cela toi attraper moi ce matin. Nous étrangers dans pays et avoir besoin préparer plans avec précautions.

— Mazette ! répéta Peter, impressionné par le récit de Hamid. Mais pourquoi n'avez-vous pas essayé d'acheter la momie ? Le professeur l'aurait certainement vendue si vous lui aviez offert beaucoup d'argent.

— Acheter ancêtre tribu Hamid ? Impossible.

Ancêtre tribu Hamid pas à vendre! répliqua le Libyen, avec dignité. Seul espoir honorable : voler momie.

— Et si Sardon avait menti ?

— Sardon pas mentir. Une nuit esprit de Ra-Orkon apparaître mystérieusement dans chambre à moi, sous forme chat Abyssinie, avec yeux différents et pattes de devant noires. Donc Sardon dire vérité : Ra-Orkon grand-père à moi. Mais maintenant... — Hamid ne comprenait rien à la suite des événements — maintenant quelqu'un d'autre venir voler Ra-Orkon. Quoi ça veut dire ? »

Peter était perplexe lui aussi, mais une idée lui vint :

« Si c'était Ahmed qui avait embauché Joe et Harry pour s'emparer de la momie ? suggéra-t-il. Il aurait pu le faire sans te mettre au courant.

— Pas possible ! répliqua Hamid. Moi futur chef tribu Hamid. Ahmed dire tout à moi.

— Admettons », répondit Peter qui n'en était pas si sûr : Ahmed était malin, il pouvait avoir des stratagèmes secrets.

« Bon, reprit-il, et maintenant comment expliques-tu que la momie parle ?

— Moi pas savoir. Peut-être Ra-Orkon en colère. Contre moi, contre Ahmed, contre professeur... »

A en juger par sa voix, Hamid paraissait inquiet de la colère possible de la momie. Quant à voir son visage, il n'en était pas question dans l'obscurité absolue du sarcophage.

« Hé là, dit Peter. Je crois qu'on s'arrête. »

En effet, le camion s'était arrêté. Un rideau de fer fut enroulé à grand bruit. Le camion démarra de nouveau, puis s'arrêta définitivement. Le rideau de fer retomba. Les garçons devaient se trouver dans un garage ou dans un entrepôt.

Quelqu'un ouvrit la porte arrière du camion. Le sarcophage fut tiré, poussé, soulevé, secoué, porté, enfin reposé à terre, sans douceur.

« Maintenant, nous voilà tranquilles, Joe ! dit la voix de Harry.

— Y a plus à s'inquiéter, acquiesça Joe. Demain matin, on appelle le client au téléphone et on lui annonce qu'on a doublé nos prix. Pour cette nuit, on va le laisser se faire du souci.

— Demain, on est occupés. On va faire un coup à Hollywood, t'as oublié ?

— T'as raison. Alors il pourra encore se faire du souci toute la journée de demain. Vers le soir, il sera dans l'état voulu. C'est là qu'on l'appellera pour lui exposer notre point de vue : tarif double ou pas de livraison.

— A moins qu'on ne lui propose de tripler tout de go, suggéra Harry. Il avait l'air d'y tenir, à ce sarcanthropophage. Allez, en route. »

II y eut de nouveau des bruits de rideau de fer. Le camion sortit en marche arrière, et les garçons restèrent seuls.

Le cœur battant, ils essayèrent de soulever le couvercle du sarcophage.

En vain. Les bandits l'avaient laissé attaché.

CHAPITRE XI

UNE NOUVELLE IDÉE

Bob Andy, installé au P.C., tapait à la machine les notes qu'il avait prises au cours de la journée. Son père, rédacteur dans un journal de Los Angeles, lui avait appris la dactylographie.

En face de lui, Hannibal Jones se pinçait la lèvre d'une main et caressait de l'autre le chat mystérieux qui ronronnait sur ses genoux.

« Dix heures moins cinq et Peter n'a pas donné signe de vie ! remarqua Bob, inquiet. Que lui est-il arrivé ?

— Il est peut-être en train de suivre une piste.

— Ses parents exigent qu'il soit rentré à dix heures. D'ailleurs, c'est pareil chez moi. Il va falloir que je parte, ou bien ma mère s'affolera.

— Tu pourrais lui téléphoner pour demander la permission de rester un peu plus longtemps. Ça nous donnerait le temps de recevoir un appel de Peter. »

Bob appela ses parents. Les trois garçons utilisaient librement le téléphone du P.C. ; ils payaient l'abonnement grâce aux profits qu'ils réalisaient en aidant M. Titus Jones dans son commerce de brocante.

Mme Andy répondit. Apprenant que son fils était avec Hannibal Jones, en qui elle avait confiance, elle accorda la demi-heure de grâce demandée.

Hannibal reposa le chat par terre. Il leva le périscope et observa les environs. La nuit était calme. L'enseigne du Paradis de la Brocante et un réverbère brillaient d'un côté ; de l'autre, une lumière bleutée indiquait que M. et Mme Jones regardaient la télévision dans leur salon. Le petit pavillon où habitaient Hans et Konrad, les deux ouvriers, était obscur : ils n'étaient donc pas encore rentrés du cinéma, et on ne pouvait apprendre de Hans où il avait laissé Peter.

Le périscope balaya la rue. Une automobile approchait. Elle ralentit, puis reprit de la vitesse. Hannibal eut le temps de voir, à la lueur du réverbère, que c'était une voiture de sport bleue, avec un long garçon maigre au volant.

Hannibal abaissa le périscope.

« Peter n'est pas en vue, annonça-t-il, mais Skinny Norris vient de passer.

— Skinny Norris ! s'écria Bob. Qu'est-il venu faire ?

— Espionner, je suppose. Il cherche à savoir ce que nous préparons. Il a dû deviner que nous nous occupions d'une nouvelle enquête et il voudrait y fourrer son nez.

— Skinny Norris n'est pas un être humain, c'est une fouine ! s'écria Bob. Il va falloir lui frotter sérieusement les oreilles. »

Norris était un « camarade » de lycée des Trois jeunes détectives. Légèrement plus grand et plus âgé qu'eux, il n'avait d'autre but dans la vie que de démontrer sa supériorité intellectuelle sur Hannibal Jones. Pour l'instant, il n'y avait guère réussi. Son seul avantage sur Babal était de posséder un permis de conduire, car il était originaire d'un Etat où ils sont délivrés plus tôt qu'en Californie. Résultat : Skinny Norris était prêt à tout pour jouer un mauvais tour aux Trois jeunes détectives.

Mais Hannibal ne pensait plus à son rival qui, jusque-là, avait toujours été malheureux. Ce qui inquiétait le détective en chef, c'était l'absence prolongée de Peter. L'affaire de la momie n'était-elle pas trop grave pour que les garçons puissent la traiter eux-mêmes ? Ne fallait-il pas faire appel aux autorités ? Babal s'y serait déjà décidé s'il n'avait détesté s'avouer battu et si la répugnance du professeur Yarborough pour toute publicité ne lui avait imposé la plus grande discrétion.

Après avoir pesé le pour et le contre, il déclara :

« Nous donnons encore une demi-heure à Peter pour se signaler d'une façon ou d'une autre. Puis nous agissons. »

Bob cessa de taper à la machine. Des momies à chuchotements et à disparitions, des dieux-chacals en

promenade, des boules de granit en révolution, des chats d'Abyssinie et des malédictions d'Egypte tourbillonnaient dans son cerveau.

« Babal, dit-il, il vaut mieux que je rentre. Mes idées ne s'enchaînent plus. J'ai l'impression de marcher la tête en bas.

— Nous avons tous besoin d'une bonne nuit de sommeil, acquiesça Hannibal. Je vais tout de même attendre ici pour le cas où Peter téléphonerait.

— Pourquoi n'essaies-tu pas la radio ? demanda Bob. Peter nous appelle peut-être en ce moment.

— J'ai prévu une portée trop faible lorsque j'ai conçu ces postes. Il va falloir y remédier. Mais tu as raison. On peut toujours faire un essai. »

Hannibal appuya sur le bouton d'émission du grand poste de radio qui servait d'émetteur-récepteur au P.C.

« Ici le P.C. J'appelle le détective adjoint. Parle si tu m'entends. »

Pour toute réponse, un bourdonnement indistinct.

« En ce moment, Peter n'émet pas, dit Hannibal. Ou alors il se trouve hors de portée, ce qui est probable. Je reste à l'écoute. Tu peux rentrer chez toi. »

Sans enthousiasme, Bob quitta le P.C., prit sa bicyclette et rentra à la maison. M. Andy remarqua aussitôt que son fils paraissait préoccupé.

« Tu as l'air bien grave, Bob. De quoi s'agit-il ? Pas d'une composition, puisque ce sont les vacances.

— Il s'agit d'une enquête, répondit le jeune Andy en se perchant sur le bras du fauteuil où était assis son père. Nous n'arrivons pas à percer l'énigme.

— Raconte-moi ça, si le cœur t'en dit.

— Eh bien, il y a un chat avec un œil orange et l'autre bleu.

— Tiens, tiens, fit M. Andy en bourrant sa pipe.

— Et puis il y a une momie qui parle. Comment une momie vieille de trois mille ans pourrait-elle parler ?

— Ce n'est pas compliqué. On fait bien parler des mannequins de bois.

— Comment fait-on, Papa ?

— Par ventriloquie, expliqua M. Andy en allumant la pipe. Soyons logiques. Une momie ne peut pas parler. Donc quelqu'un s'arrange pour donner l'illusion qu'elle parle. Pour cela, un seul moyen : la ventriloquie. Conclusion : cherchez le ventriloque.

— Ça alors, papa ! C'est peut-être la solution. Tu permets que je téléphone à Babal ?

— Bien sûr ! » acquiesça M. Andy en souriant : il n'avait pas oublié sa propre enfance, ni les problèmes bizarres qu'il se posait alors ; aussi était-il disposé à se montrer très compréhensif envers son fils.

Au téléphone, Hannibal Jones répondit d'un ton déçu.

« J'espérais que c'était Peter qui m'appelait, déclara-t-il.

— Ecoute, dit Bob. Je viens de parler de notre enquête à mon père. Il m'a expliqué qu'on pouvait faire parler une momie par ventriloquie. D'après lui, nous devrions chercher un ventriloque.

— Il y a longtemps que j'ai envisagé cette solution. Mais la portée de voix d'un ventriloque n'est pas assez considérable pour que cette hypothèse puisse être retenue.

— Ça dépend, répliqua Bob. Quelqu'un aurait pu se cacher derrière la porte... As-tu appelé le professeur pour lui demander si Peter n'était pas chez lui ?

— Pas encore. Je vais le faire maintenant. De plus,

je vais à nouveau examiner les possibilités de la ventriloquie. Il semble bien qu'elles soient nulles dans l'affaire qui nous occupe, mais Sherlock Holmes a dit que lorsqu'on a éliminé toutes les solutions sauf une, celle qui reste est la bonne, même si elle semble impossible. »

Bob alla se coucher, très inquiet pour Peter et ne sachant que faire. Hannibal appela M. Yarborough : personne ne répondit ; apparemment le professeur était encore à la clinique, auprès de son domestique.

Pendant ce temps, Peter et Hamid, réunissant leurs efforts, tentaient de soulever le couvercle du sarcophage.

Soudain, un bruit les fit s'arrêter. C'était le camion qui revenait. Le rideau fut remonté. Des pas retentirent dans le garage.

« T'as eu une bonne idée, Joe ! dit la voix de Harry. On va couvrir la caisse avec une bâche. Personne ne vient ici, mais on ne sait jamais. Suffirait d'une fois. Faut toujours se méfier des curieux. »

Avec un bruit sourd, une lourde bâche retomba sur le sarcophage et le recouvrit tout entier.

« Maintenant, nous allons étouffer, chuchota Peter. Mieux vaut appeler au secours. »

Il rouvrait la bouche pour crier. Mais, en entendant ce que disaient les bandits, il s'arrêta.

CHAPITRE XII

L'ÉVASION

« Dis donc, Joe, fit Harry, demain on aura peut-être besoin de la corde.

— T'as raison, Harry, répondit Joe. On la prend. »

Peter et Hamid attendirent sans respirer. La bâche fut ôtée. Le sarcophage oscilla de droite à gauche, pendant que les deux bandits enlevaient la corde. Puis la bâche fut remise en place. Le moteur du camion ronfla. Le rideau retomba. Ce fut le silence.

Peter et Hamid n'hésitèrent pas. D'un seul coup

d'épaule, ils soulevèrent le couvercle qui céda sans difficulté. Ils n'eurent plus qu'à se glisser à l'extérieur du sarcophage et à ramper sous la bâche. Deux secondes plus tard, ils étaient libres... Ou du moins leur prison était devenue plus vaste.

Autour d'eux, l'obscurité régnait. Cependant un peu de lumière provenait d'une tabatière percée dans la toiture. Ainsi les garçons purent voir que le local où ils se trouvaient était un entrepôt, avec de hauts murs de ciment, sans fenêtres.

Ils commencèrent à explorer les lieux. Ils découvrirent aussitôt le rideau de fer qui donnait sur l'extérieur : il était fermé à clef. On pouvait le secouer, mais cela ne servait à rien.

Ensuite ils visitèrent le reste de l'entrepôt qui contenait les objets les plus hétéroclites. Ils remarquèrent d'abord une vieille conduite intérieure Pierce-Arrow, aux lignes très élégantes.

« Pourquoi vieille voiture ici ? demanda Hamid.

— Les collectionneurs recherchent beaucoup ce genre d'engins, expliqua Peter. Celui-ci date au moins de 1925. C'est une rareté. »

Derrière l'automobile, se trouvaient de vieux meubles dont beaucoup étaient sculptés. Les garçons ne pouvaient les distinguer dans le noir, mais ils sentaient au toucher torsades et feuilles d'acanthe. Tables, chaises et bahuts se trouvaient sur une plate-forme surélevée.

« C'est pour éviter l'humidité, commenta Peter. Et ces machins-là, qu'est-ce que ça peut être ? »

Des cylindres épais s'allongeaient dans l'obscurité ; il y en avait toute une pile.

« Tapis Orient ! s'écria Hamid. Tapis grand prix, grande valeur.

— Comment le sais-tu ? s'étonna Peter. Moi, je vois à peine que ce sont des tapis.

— Mes doigts savoir. Quand moi huit ans d'âge, mon père enseigner moi à distinguer tapis au toucher. Trame, laine, beaucoup différences. Ceux-là pas provenir tribu Hamid mais tous très chers. Deux, trois mille dollars pièce.

— Mazette ! s'écria Peter. Je parie qu'ils ont été volés. Tout ce qui se trouve dans cet entrepôt a été volé quelque part. Joe et Harry sont des cambrioleurs professionnels. Voilà pourquoi ils ont été embauchés pour enlever la momie de Ra-Orkon.

— Toi sûrement raison, dit Hamid. Maintenant comment sortir d'ici ?

— Voilà une porte », remarqua Peter.

A peine visible dans le noir, une porte paraissait conduire dans une autre partie du bâtiment. Peter saisit la poignée et tourna. Mais il eut beau pousser, le vantail tint bon.

Une autre porte, en revanche, céda facilement ; elle donnait sur une salle d'eau sans issue.

Les garçons ne risquaient plus d'étouffer, mais ils étaient toujours captifs.

« Cet entrepôt, dit Peter, n'est sans doute connu que de Joe et de Harry qui seuls peuvent y entrer et en sortir. Nous avons pourtant encore une chance.

— Moi pas voir, répondit Hamid. Nous pas pouvoir traverser murs.

— Regarde donc là-haut. »

Hamid leva les yeux. Peter désignait la tabatière

au-dessus de leurs têtes. Elle était entrouverte, mais elle se trouvait au moins à cinq mètres de hauteur.

« Si nous savoir voler, nous sortir là-haut, dit Hamid.

— Même sans savoir voler, on va toujours voir ce qu'on peut faire, répliqua Peter. Cette voiture se trouve presque à l'aplomb de la tabatière.

— Cela vrai. Nous grimper dessus.

— Attends, attends. Commence par enlever tes chaussures. Ce serait dommage d'abîmer la peinture d'une antiquité pareille. »

Si le Libyen fut surpris par cette vénération typiquement américaine pour une automobile, il n'en laissa rien paraître. Les deux garçons ôtèrent leurs souliers, les attachèrent par les lacets, se les mirent au cou et grimpèrent sur le toit de la voiture.

Hélas ! La tabatière était encore à près d'un demi-mètre sur sa droite.

« Je vais sauter, Hamid, déclara Peter. Nous ne pouvons pas passer toute notre vie ici. »

Peter bondit. Ses doigts saisirent le rebord de métal de la tabatière entrouverte. Se hissant à la force des poignets, il repoussa la tabatière avec sa tête, et, jouant des coudes et des reins, il parvint à se glisser à l'extérieur, sur le toit de tôle. Aussitôt, il fit volte-face, et, tendant les bras vers son camarade, il commanda :

« Saute, Hamid. Je vais t'attraper. Saisis-moi par les poignets. »

Un instant, le jeune Libyen hésita. Il jeta même un coup d'œil au sol de ciment sur lequel il risquait d'atterrir. Puis, résolument, il bondit.

Ses doigts tendus rasèrent les poignets de Peter. Les

mains musclées de l'Américain lui empoignèrent les avant-bras. Un moment plus tard, le jeune garçon se trouvait sur le toit à côté de son ami.

« Toi, détective Peter, très fort et très brave », déclara Hamid avec admiration.

Cet éloge enchanta le jeune Crentch qui prit un air dégagé.

« Bah ! fit-il, au cours de gymnastique, je fais des choses bien plus difficiles tous les jours. Remettons nos chaussures et essayons de descendre. »

D'un côté, le toit aboutissait à un grand mur de brique qui interdisait tout passage. De l'autre côté, au contraire, une échelle de fer, utilisée en cas de réparations, permettait de quitter le toit sans difficulté. En un instant, les deux garçons se trouvèrent en bas, dans une ruelle obscure.

Après s'être arrêté pour s'orienter, Peter tira un morceau de craie bleue de sa poche et traça plusieurs points d'interrogation à gauche de l'entrée principale.

« Comme cela, expliqua-t-il à Hamid, nous n'aurons pas de mal à trouver l'entrepôt où se trouve la momie quand nous reviendrons la chercher. Descendons cette ruelle et essayons de repérer son nom... Tiens, voilà du monde. Nous aurions peut-être avantage à aller dans l'autre sens. »

Au pas gymnastique, les deux garçons remontèrent la ruelle, entre deux rangées de maisons aux portes fermées, et débouchèrent dans une petite rue mal éclairée que Peter ne reconnut pas. Jamais il n'était venu dans ce quartier.

« Allons jusqu'au coin suivant, décida-t-il. Il faut absolument que nous trouvions le nom de cette rue. »

Au coin suivant, la plaque murale était endommagée et l'inscription illisible.

« Pas de chance, dit Peter. Nous allons... »

A ce moment, il y eut un bruit de vitre brisée dans une rue transversale. Deux hommes passèrent en courant, se jetèrent dans une voiture, et disparurent dans la nuit.

Peter et Hamid les regardèrent avec surprise. Un cri de colère retentit :

« Au voleur !... Ce sont ces garçons ! Ils ont cassé ma vitrine ! Ils ont volé mes montres ! Arrêtez-les !... »

Un gros homme fonçait vers les garçons en vociférant et en leur montrant le poing. Il les prenait pour les malfaiteurs qui venaient de le voler.

Sans réfléchir, Peter cria instinctivement « Courons ! » et partit au triple galop, suivi par Hamid.

Ils remontèrent une rue, en descendirent une autre, au hasard. Des passants se joignirent au gros homme qui leur donnait la chasse. Des chiens se mirent de la

partie. Les deux garçons avaient perdu non seulement leur souffle mais encore leur sens de l'orientation lorsqu'ils finirent par s'arrêter, après avoir semé leurs poursuivants.

« Nous aurions dû dire à... cet homme que nous... n'avions pas cassé sa... vitrine ! haleta Peter. Je me suis sauvé sans réfléchir.

— Quand quelqu'un crier "au voleur" et courir après toi, toi fuir. Tout à fait normal, répondit Hamid.

— C'est possible, fit Peter, furieux contre lui-même. Mais le résultat, c'est que je n'ai plus la moindre idée de l'endroit où nous étions à ce moment. Loin d'ici, c'est tout ce que je sais. Où peut bien se trouver l'entrepôt au sarcophage ? Mystère et boule de gomme.

— Nouveau problème, commenta Hamid avec flegme.

— Oui ! Et maintenant, comment allons-nous faire pour rentrer chez nous ? Je pense que nous sommes en

plein Los Angeles, à plus de vingt kilomètres de Rocky et à plus de quinze de Hollywood.

— Nous prendre taxi, proposa Hamid.

— Un taxi ? Ça coûte cher.

— Moi avoir argent. Ahmed donner à moi quantité argent. »

Et Hamid montra un portefeuille bourré de dollars.

« Parfait ! dit Peter. Il y a des lumières de ce côté : nous avons des chances de trouver un taxi. »

En effet, au coin de la rue, il y avait une station de taxis, et le premier chauffeur libre accepta volontiers de ramener les garçons à Rocky, lorsque Hamid lui eut montré qu'il avait de quoi payer cette longue course.

Avant de partir, Peter fit deux choses : d'abord, il prit des points de repère pour retrouver cette station de taxis, située à une vingtaine de pâtés de maisons de l'entrepôt ; ensuite, il alla dans une cabine publique donner un coup de téléphone à Hannibal.

« Tout va bien, annonça-t-il. Je rentre chez moi. Dès que je serai à la maison, je te rappellerai pour te mettre au courant.

— Je suis content de t'entendre, détective adjoint, répondit Hannibal d'une voix qui dissimulait mal l'intense soulagement qu'il ressentait. Utilise la radio pour me parler. J'attendrai dans ma chambre. »

Peter constata avec plaisir que son chef s'était inquiété pour lui. Mais que dirait le patron lorsqu'il saurait que son adjoint avait commencé par trouver la cachette du sarcophage et avait fini par la perdre ?

Le voyage de retour fut sans histoire. Hamid insista pour que Peter se fît d'abord déposer chez lui, ensuite le taxi ramènerait le jeune Libyen à la maison

Les mains musclées de l'Américain lui empoignèrent les avant-bras. →

qu'Ahmed avait louée non loin de celle du professeur Yarborough.

Au moment où Peter descendait de voiture, Hamid le retint.

« Détective Peter, dit-il, moi Hamid de la tribu des Hamid désirer Trois jeunes détectives aider moi à retrouver momie Ra-Orkon et sarcophage. Proposition officielle. Vous d'accord ?

— Ce serait un peu gênant, répondit Peter. En réalité, la momie appartient au professeur et nous travaillons déjà pour lui.

— Vous travailler pour moi aussi ! supplia le Libyen. Vous seulement retrouver momie et sarcophage. Ensuite rendre à professeur. Après cela, Ahmed et moi essayer encore persuader professeur rendre Ra-Orkon à nous.

— Je suppose que ce serait une solution. Mais il faudrait que tu en parles à Babal. Rendez-vous demain, au Paradis de la Brocante. D'accord ? »

Hamid accepta. Les deux garçons se serrèrent la main et se séparèrent. Peter, sachant qu'il était en retard, s'empressa de rentrer. Ses parents étaient au salon ; ils regardaient la télévision.

« Tu devais être à la maison pour dix heures, Peter, remarqua sévèrement M. Crentch, homme robuste qui travaillait dans les effets spéciaux de cinéma, à Hollywood.

— Oui, papa. J'étais allé chercher un chat perdu, et puis je me suis trouvé embarqué... »

Il allait dire « dans un sarcophage », mais sa mère l'interrompit :

« ... encore quelque histoire de garçons, acheva-t-elle pour lui. Va donc vite prendre un bain et te coucher.

Je me demande comment les garçons font pour se salir à ce point !

— Oui, maman », répondit Peter, et il monta l'escalier.

Une fois dans sa chambre, il courut à la fenêtre, l'ouvrit, déroula l'antenne de son poste de radio et enfonça le bouton qui commandait l'émission.

« Ici détective adjoint. J'appelle le P.C. Me reçois-tu ? Parle. »

Il lâcha le bouton. Aussitôt la voix d'Hannibal retentit à son oreille.

« Ici détective en chef. Je suis resté à l'écoute bien que couché. Que t'est-il arrivé ? Raconte. »

Peter résuma les événements de la soirée et acheva en disant qu'il ne savait pas où se trouvait l'entrepôt où était caché le sarcophage.

Hannibal réfléchit un instant.

« Tu as fait de ton mieux, détective adjoint, finit-il par déclarer. D'une façon ou d'une autre, nous le retrouverons. Des faits nouveaux ont apparu, à la suite desquels le mystère me semble encore plus incompréhensible. Quant au chat dont Hamid prétend qu'il est la réincarnation de Ra-Orkon, il est actuellement dans mon lit. Néanmoins je suis persuadé qu'il s'agit en réalité du chat de Mme Banfry déguisé. Bonsoir. »

Et le détective en chef quitta l'écoute.

Peter se coucha fort intrigué. Comment un chat aurait-il pu se déguiser ?

CHAPITRE XIII

LES SOUPÇONS D'HANNIBAL

Le lendemain matin, les Trois jeunes détectives se réunirent en conférence au P.C. Rien qu'à voir l'expression d'Hannibal, Peter et Bob devinèrent qu'il avait beaucoup médité pendant la nuit. Mais il n'était nullement pressé de leur confier ses conclusions.

« Je répugne à procéder par conjectures, déclara-t-il. Nous devons conférer sérieusement et pour cela nous avons besoin de la présence de ce jeune étranger. »

Peter braqua le périscope sur l'entrée du Paradis de la Brocante et vit Hamid descendre de taxi.

Aussitôt il se précipita au-devant du Libyen. Comme Hamid était un client de l'agence et que, de plus, il devait bientôt repartir pour son pays, les détectives avaient décidé qu'il pouvait être admis dans le P.C. et initié aux mystères du « Tunnel numéro 2 ».

Lorsque les deux garçons eurent débouché dans la caravane, Peter fit les présentations.

« Hamid, dit-il, voici Bob Andy, notre archiviste, et voilà Hannibal Jones, le détective en chef.

— Moi très honoré rencontrer détective en chef et archiviste, répondit le jeune Libyen, solennel.

— Maintenant, dit Hannibal, nous pouvons nous mettre au travail. Peter, raconte-nous tes aventures d'hier soir à partir du moment où tu nous as quittés. Bob, prends des notes. »

Peter se mit en devoir de raconter son entrevue avec Mme Banfry au sujet du chat disparu, son arrivée chez le professeur Yarborough, et la suite des événements. Bob, qui avait appris la sténographie en même temps que la dactylographie, put noter tout ce que son ami racontait, bien que la plupart des éléments qu'il recueillait fussent nouveaux pour lui, en particulier la disparition de la momie et l'odyssée du sarcophage.

« Comment ! s'écria-t-il lorsque Peter eut fini. Tu t'es trouvé dans la même pièce que le voleur et tu n'as pas seulement été capable de retenir l'adresse ?

— L'adresse ! L'adresse ! Je ne l'ai jamais sue, l'adresse. Si tu avais couru aussi vite que moi, tu n'aurais pas eu le temps de regarder les plaques des rues, je t'assure. Je peux t'indiquer le quartier, à vingt pâtés de maisons près.

— Vingt pâtés de maisons ! se récria Bob. Ecoute. A Los Angeles, toutes les rues sont perpendiculaires. Un carré de vingt pâtés de maisons de côté, cela fait quatre cents tronçons de rues à fouiller.

— L'entrée de l'entrepôt qui nous intéresse a été marquée de points d'interrogation bleus, par les soins du détective adjoint, remarqua Hannibal. Cela simplifiera nos recherches.

— Mais nous n'avons que jusqu'à ce soir, objecta Bob. Du moins d'après ce qu'ont dit les bandits...

— J'ai mon plan, répliqua Hannibal. Il est vrai qu'il faudra du temps pour le mettre en application. Pour le moment, considérons l'énigme de la momie qui tenait des discours au professeur Yarborough.

— La momie de Ra-Orkon. Ancêtre tribu Hamid ! s'écria le jeune Libyen. Toi savoir où trouver momie ? »

Hannibal se pinça la lèvre.

« Pas encore, reconnut-il. Mais, à vrai dire, je ne

pense pas, Hamid, que Ra-Orkon soit un ancêtre de ta famille. »

Hamid se renfrogna immédiatement.

« Sardon a dit : ancêtre. Sardon sorcier, Sardon prophète. Parler beaucoup langues. Entrer en transe. Ecouter esprits. Mon père croire lui parler vérité. Donc moi croire aussi.

— Il est exact, avoua Hannibal, que des rois libyens ont occupé le trône d'Egypte il y a environ trois mille ans, pendant le règne de la vingtième dynastie.

— Et Ra-Orkon être prince libyen. Sardon dire cela, insista Hamid.

— Cela n'est pas impossible, admit le détective en chef. Le professeur Yarborough ignore lui-même qui était Ra-Orkon et quand il a été enseveli. Peut-être était-ce un prince libyen. Mais cela ne signifie pas nécessairement qu'il soit ton ancêtre, Hamid.

— Sardon dire : ancêtre. Sardon sorcier, parler vérité, insista le Libyen obstiné.

— Sardon s'est trompé ou a menti sur un point, fit remarquer Hannibal. Il s'est trompé ou a menti quant au chat. Cela prouve qu'il n'est pas infaillible.

— Moi pas comprendre.

— Voyons, Hamid : d'après toi, Sardon a déclaré que l'esprit de Ra-Orkon apparaîtrait à un membre de ta famille, ici, en Amérique, sous la forme de son animal favori, un chat d'Abyssinie, aux yeux différents, avec des pattes de devant noires. N'est-il pas vrai ?

— Cela vrai et cela arrivé. Esprit Ra-Orkon réincarné sous forme de chat apparaître dans ma chambre pendant semaine dernière.

— Précisément, dit Hannibal. Or... »

Mais Peter lui coupa la parole.

« Réincarnation ? Quésaco ? demanda-t-il ?

— En Orient, expliqua Hannibal, beaucoup de gens croient que, après la mort d'une personne, son âme renaît sous la forme d'une autre personne, d'un animal ou même d'un insecte. Cette âme est dite réincarnée.

— Et elle finit toujours par retourner dans un corps humain, ajouta Bob.

— Voilà, acquiesça Hamid. Esprit Ra-Orkon réincarné dans chat exactement semblable à chat favori. Yeux différents, pattes de devant noires.

— Un instant dit Hannibal. Je voudrais vous montrer un détail qui a son importance. »

Il passa dans le minuscule laboratoire de la caravane et revint avec un chat dans ses bras.

« Ra-Orkon ! s'écria Hamid. Ancêtre vénéré, salut ! Moi heureux vous en bonne santé.

— Ce chat se promenait hier soir dans le jardin de M. Yarborough. Je l'ai ramené ici et je m'occupe de lui, expliqua Hannibal. Maintenant, regardez bien. »

Le détective en chef prit un chiffon, l'humecta en le pressant contre l'ouverture d'un flacon qui contenait un solvant énergique, et en frotta l'une des pattes noires du chat. La patte devint blanche. Une traînée noire apparut sur le chiffon.

« Ce chat est gris fumée et il a les pattes de devant blanches », commenta Hannibal.

Alors Peter comprit ce qu'Hannibal avait voulu dire quand il avait parlé de chat déguisé.

« Mazette ! s'écria-t-il. Drôle d'idée de déguiser un chat ! »

Hamid s'était emparé de l'animal et l'examinait soigneusement.

« Détective en chef avoir raison. Chat déguisé. Sorcier Sardon déclarer chat avoir pattes noires comme chat Ra-Orkon. Celui-ci autre chat.

— Celui-ci, dit Hannibal en se rasseyant, est tout simplement le chat de Mme Banfry, Sphinx, qui a été maquillé pour faire croire à Hamid que la prophétie de Sardon s'était réalisée.

— Objectif ? demanda Bob.

— Objectif : garantir l'authenticité de l'histoire que Sardon a racontée au père de Hamid, de façon que celui-ci mette tout en œuvre pour s'emparer de la momie de Ra-Orkon, qui n'est probablement pas plus un ancêtre de la tribu des Hamid que je ne le suis moi-même. »

Les yeux de Hamid brillèrent. Le jeune Libyen était au bord des larmes.

« Ra-Orkon grand-père à moi ! » déclara-t-il.

Hannibal eut le tact de changer de sujet de conversation.

« Les choses seront plus claires quand nous aurons découvert l'auteur du vol et ses mobiles. Maintenant, Hamid, veux-tu nous raconter l'histoire de ton point de vue, pour que Bob puisse noter ton récit ? »

Hamid ne se fit pas prier. Il narra l'arrivée du sorcier boiteux et borgne Sardon, l'extase où il était tombé, les discours qu'avait tenus par sa bouche Ra-Orkon, suppliant ses descendants de ne pas le laisser aux mains des Barbares. Puis Hamid raconta comment il était parti avec Ahmed pour les Etats-Unis, comment le fidèle intendant avait loué une maison non loin de celle du professeur, comment ses prières

avaient été repoussées par M. Yarborough, comment il avait soudoyé les frères Magasay pour qu'ils le laissent travailler comme jardinier à leur place : ainsi il se trouverait toujours à peu de distance de la momie, prêt à s'en emparer à la première occasion.

« Alors, s'écria Bob, c'est Ahmed qui t'a empoigné quand Peter t'avait aperçu ! Rien d'étonnant à ce que tu aies pu t'échapper.

— Ahmed dire à moi mordre sa main. Moi mordre. Ahmed très malin, dit fièrement Hamid.

— Ahmed et toi, demanda Hannibal, vous connaissiez la légende de la malédiction de Ra-Orkon ?

— Bien sûr. Sardon raconter malédiction à nous. Ra-Orkon avoir besoin paix, tranquillité. Se défendre avec moyens momie.

— Et la chute du dieu-chacal, Anubis ? Du masque d'or ? Et de la sphère de granit ? Je penche à croire, pour ma part, que tout cela a été manigancé par Ahmed.

— Détective en chef avoir raison, reconnut Hamid en souriant. Personne remarquer jardinier. Ahmed se tenir à côté porte-fenêtre, avec longue perche. D'abord pousser Anubis. Puis décrocher masque. Aussi enlever ciment autour boule pour la faire rouler. Lui espérer effrayer professeur : professeur donner momie.

— C'est bien ce que je pensais, remarqua Hannibal. Voilà comment on fait opérer les malédictions égyptiennes. Il suffit de disposer des services d'un faux jardinier travaillant pour l'ennemi.

— Bon ; tout ça, je comprends, dit Peter. Mais cela ne nous explique pas pourquoi Ra-Orkon a été volé. Hamid jure qu'Ahmed n'y est pour rien. Et le chat de Mme Banfry ? Qui l'a badigeonné de noir et l'a fourré dans la chambre de Hamid ?

— En attendant, nous ne savons toujours pas pourquoi la momie chuchotait, et c'est là notre vrai problème, remarqua Bob.

— Chaque chose en son temps, coupa Hannibal. Hamid, tu affirmes que tu as vu, de tes yeux vu, les deux hommes appelés Joe et Harry dérober la momie ?

— Oui. Hier soir, Ahmed avoir mal à la main. Moi aller surveiller maison professeur à sa place. Chat suivre moi. Moi arriver à temps pour voir deux silhouettes hommes emporter Ra-Orkon, mettre lui dans camion et partir.

— Tout cela pendant que nous étions chez le professeur Freeman, dit Bob.

— Moi pas savoir quoi faire. Moi attendre. Puis détective Peter arriver. Entrer dans la maison. Sortir sur terrasse. Prendre mon chat. Moi penser vous tous ensemble voler momie et vouloir voler chat. Moi en colère. Attaquer détective Peter. Maintenant regretter beaucoup.

— Il n'y a rien à regretter, répondit Peter, bon prince. En fait, si tu ne m'avais pas attaqué, nous ne serions pas devenus alliés.

— Hum, fit Hannibal en se pinçant la lèvre. Pour l'instant, la situation est extrêmement compliquée et parfaitement claire.

— Grand merci ! s'écria Peter. Ta déclaration me paraît à moi extrêmement simple et parfaitement obscure. Je n'ai jamais vu un pareil casse-tête.

— Ce que je voulais dire, expliqua le détective en chef, c'est que, maintenant, nous sommes en possession de toutes les données du problème. Il ne nous reste plus qu'à le résoudre. »

Bob, l'archiviste, aurait préféré avoir un peu moins de données ; il n'y en avait pas une qui ne lui parût compliquer la situation.

« Je pense, reprit Hannibal, qu'il nous suffira de retrouver l'entrepôt où est caché le sarcophage pour pouvoir considérer que le problème est en bonne voie de résolution. Localisons l'entrepôt, puis attendons. Tôt ou tard, Harry et Joe iront livrer le sarcophage au client qui détient déjà la momie. En les suivant, nous remonterons jusqu'au principal intéressé qui a ourdi cette trame, et nous serons à même de récupérer la momie. »

Visiblement, Hannibal était tout heureux de prévoir la capture d'un « principal intéressé » qui avait « ourdi une trame ».

« Une fois que nous aurons le criminel, Ra-Orkon

et le sarcophage, nous détiendrons la clef de toutes les énigmes, conclut éloquemment le détective en chef.

— Sublime ! fit Peter, sarcastique. Sublime, il n'y a pas d'autre mot. Bon, avec ces quatre cents tronçons de rues à fouiller, on ferait peut-être bien de s'y mettre. Cela nous prendra une semaine ou deux, et nous avons huit ou neuf heures devant nous.

— Fouiller ? Inutile. Nous allons recourir une fois de plus au procédé du “relais fantôme”. Vous vous en souvenez ? »

Si les détectives s'en souvenaient ! Ce procédé, inventé par Hannibal, leur avait permis de mener à bien l'enquête qu'ils avaient entreprise dans l'affaire du perroquet qui bégayait. Mais Hamid demanda :

« Vous invoquer fantômes ?

— Non, répondit Hannibal. Nous n'invoquons pas de fantômes. Voici comment nous procédons. Nous avons besoin d'une information. Nous téléphonons à cinq de nos amis qui sont susceptibles de nous

renseigner. Nous leur demandons à chacun d'appeler aussi cinq de leurs amis, et ainsi de suite. En peu de temps, des centaines, des milliers de garçons sont à la recherche du même renseignement que nous.

— Moi comprendre, dit Hamid.

— Ce matin, poursuivit Hannibal, j'ai appelé cinq garçons dont les pères travaillent à Los Angeles, et je leur ai demandé d'une part d'alerter ces derniers en les priant de signaler tout point d'interrogation bleu qu'ils pourraient repérer ; d'autre part, d'appeler ceux de leurs amis capables de rechercher la même information. J'ai expliqué qu'il s'agissait d'une sorte de course au trésor. Le premier qui nous donnera le bon renseignement recevra une récompense. Je ne sais pas encore laquelle : nous aviserons le moment venu. Pour l'instant, vérifions le fonctionnement de notre système. »

Décrochant le combiné du téléphone, Hannibal appela l'un des amis avec qui il avait pris contact plus tôt dans la matinée. Comme le détective en chef tenait l'appareil près du microphone de l'amplificateur, tous les assistants purent suivre la conversation.

Le correspondant avait téléphoné à cinq de ses amis, et chacun d'entre eux avait demandé à son père de signaler les points d'interrogation bleus qu'il pourrait voir à Los Angeles. Bien entendu, il n'y aurait pas de réponse avant que les pères soient rentrés du travail, vers six heures du soir.

Hannibal raccrocha.

« Le relais fantôme est en marche, annonça-t-il. Malheureusement, nous ne disposerons d'aucune information avant ce soir. Mais, avec un peu de chance, nous pourrons être sur les lieux en peu de temps. Maintenant, j'aimerais bien aller voir le professeur Yarborough et avoir un nouvel entretien avec lui.

— Ta tante ne te laissera pas partir, objecta Peter. Je lui ai entendu dire qu'elle avait du travail pour toi et qu'elle t'attendait de pied ferme aussitôt après la fin de notre conférence.

— C'est juste, reconnut Hannibal. Il va falloir que je m'arrange avec lui au téléphone. En attendant, Bob reconduira Hamid et lui trouvera un taxi.

— Bien, chef », dit Bob.

Hamid se leva.

« Moi vouloir Ahmed rencontrer un jour toi, détective en chef Hannibal, lui penser garçons américains bruyants, mal élevés, désagréables avec grandes personnes. Moi lui montrer garçons américains corrects.

— Merci, Hamid, répondit Hannibal, visiblement flatté. A propos, as-tu mis Ahmed au courant de ce qui s'est passé hier ? »

Hamid se rembrunit.

« Moi dire à Ahmed vous travailler pour moi. Lui fâché. Dire stupide demander enfants travail grandes personnes. Alors moi plus rien lui raconter.

— Tant mieux, fit Hannibal. Quand une grande personne apprend qu'un jeune s'occupe d'une affaire sérieuse, elle veut toujours l'aider, et, quelquefois, elle gâche tout. Or, ici, le secret est plus important que jamais, car ni le professeur ni — je suppose — la tribu des Hamid ne tiennent à ce que l'histoire de la momie s'ébruite.

— Certainement, acquiesça le Libyen. Quand prochain rendez-vous ?

— Ce soir, six heures, dit le détective en chef. J'espère avoir appris d'ici là, grâce à notre relais

fantôme, la localisation exacte de l'entrepôt recelant la momie.

— Moi être là. Moi venir par taxi. Ahmed très occupé aujourd'hui. Avec beaucoup clients pour tapis. »

Après un petit salut très digne, Hamid disparut dans la trappe, à la suite de Bob.

« Hamid est un brave petit gars, remarqua Peter. Mais dis donc, Babal, à voir ta tête, j'ai l'impression que tu as eu une nouvelle idée depuis le début de notre conférence. Tu crois savoir qui a volé Ra-Orkon, pas vrai ?

— J'ai mes soupçons, avoua le détective en chef. Tu m'as dit que le chat de Mme Banfry, Sphinx, avait fait l'objet de divers articles dans la presse. Certains journaux ont même reproduit sa photo et l'on voyait que ses yeux étaient de différentes couleurs.

— C'est ce que m'a raconté Mme Banfry. J'ai même vu un de ces portraits.

— Bien. Maintenant admettons que quelqu'un ait besoin d'un chat d'Abyssinie avec des yeux différents. Il apprend par la presse l'existence de Sphinx. A la différence des autres chats d'Abyssinie, Sphinx est d'un caractère confiant et affectueux. Rien de plus facile que de le voler et de lui teindre les pattes. Or, qui est décidé à s'emparer de Ra-Orkon ? Qui peut s'arranger facilement pour glisser le chat dans la chambre de Hamid, pendant la nuit ? Qui connaît l'histoire de la malédiction et fait tout pour terrifier le professeur, de façon à le persuader de se débarrasser de la momie ? »

Peter réfléchit un moment.

« Le jardinier, fit-il. C'est-à-dire Ahmed, l'intendant du père de Hamid.

— Précisément. Nous pouvons supposer aussi qu'il doit tenir au sarcophage d'origine pour emmener Ra-Orkon dedans.

— Ça, c'est sûr. Mais Hamid jure qu'Ahmed ne sait rien du vol de la momie.

— C'est ce que Hamid croit. Cependant tu as remarqué comme moi que les adultes ne racontent pas tous leurs secrets aux enfants, même aux fils de leurs patrons. Ahmed peut très bien avoir un stratagème à lui pour s'emparer de la momie, et raconter ensuite au père de Hamid qu'il l'a payée très cher. Le père de Hamid le croirait et Ahmed deviendrait riche.

— Mazette ! fit Peter. Pour une idée, c'est une idée. Remarque qu'Ahmed parle arabe. Il pourrait reconstituer une espèce de faux arabe ancien pour parler à la place de Ra-Orkon. En tant que jardinier, il viendrait sur la terrasse sans se faire remarquer, et il lui suffirait d'être ventriloque pour donner au professeur l'impression que c'est la momie qui lui chuchote quelque chose à l'oreille.

— C'est ce que j'ai pensé. Seulement, si nous soufflons un seul mot de nos soupçons à Hamid avant de pouvoir rien prouver, il ira avertir Ahmed. Ahmed sera prévenu et brouillera la piste. Donc, silence.

— D'accord. A présent, Babal, comme la conférence est finie et que le relais fantôme ne donnera pas de résultats avant ce soir, je suppose que nous sommes bons pour une journée de travail chez ta tante Mathilda.

— Pas le moindre doute là-dessus. Il est donc prudent de téléphoner au professeur tout de suite. »

M. Yarborough était chez lui.

« Wiggins est rentré de la clinique, raconta-t-il. Il était simplement choqué. Il affirme avoir vu le dieu Anubis, corps d'homme et tête de chacal, sortir des buissons hier soir. Ensuite le dieu l'aurait injurié dans une langue incompréhensible. Wiggins serait tombé sans connaissance. Enfin Anubis aurait emporté la momie. »

Peter et Hannibal échangèrent un regard.

« C'est Joe et Harry qui ont emporté la momie, dit Peter.

— Monsieur le professeur, reprit Hannibal, selon toute probabilité un voleur quelconque a mis un masque de chacal pour se déguiser en Anubis et terroriser Wiggins. »

Et le détective en chef raconta tout ce qu'il savait grâce à Peter.

« Mes compliments ! s'écria le professeur. Croyez-vous que vous pourrez retrouver le sarcophage ? Pensez-vous qu'Ahmed soit le coupable ?

— J'ai quelques soupçons, mais je ne possède pas de preuves, monsieur le professeur. En ce qui concerne le sarcophage, j'espère avoir du nouveau avant ce soir. Je vous tiendrai au courant. »

Hannibal raccrocha. Il paraissait préoccupé.

« A quoi penses-tu ? demanda Peter.

— A ceci. Hier, M. Yarborough nous a dit que Wiggins avait été comédien avant de devenir valet.

— Et alors ?

— Il est facile pour un comédien de simuler une syncope. De plus, certains comédiens se piquent d'être ventriloques.

— C'était le cas de Wiggins ?

— Je n'en sais rien. Mais si cela était...

— Cela signifierait que Wiggins serait le vrai coupable, oui ? Ou bien il travaillerait pour Ahmed ? Ou pour un troisième larron ? Que penses-tu, Babal ?

— Je pense que qui vivra verra », répondit le détective en chef.

Et, malgré toutes les objurgations de Peter, il refusa, jusqu'au soir, de dire un mot de plus au sujet de la momie qui chuchotait.

CHAPITRE XIV

LES POINTS D'INTERROGATION

A la fin de l'après-midi, la camionnette du Paradis de la Brocante, avec Konrad au volant, atteignait le centre de Los Angeles. L'expédition avait été autorisée par Mme Jones, et Hannibal avait pensé que le mieux serait de localiser d'abord l'entrepôt, puis de se cacher en attendant l'arrivée de Joe et de Harry à la poursuite desquels on se lancerait dès qu'ils quitteraient les lieux pour aller livrer le sarcophage à leur mystérieux client. Ainsi seulement aurait-on des preuves tangibles de sa culpabilité.

De toute évidence, la Rolls aux accessoires dorés ne convenait pas pour ce genre de mission : elle serait immédiatement repérée. En revanche, la vieille camionnette pouvait passer inaperçue.

A côté de Konrad, avaient pris place Hannibal et Hamid, fidèle au rendez-vous. Peter et Bob s'étaient installés derrière, sur des rouleaux de bâche.

La camionnette roulait maintenant dans un quartier de petites boutiques obscures et d'entrepôts. Bob et Peter ne cessaient de se disputer pour savoir si c'était Ahmed ou Wiggins qui était le principal coupable : chacun d'eux avait changé d'avis à ce sujet au moins deux fois.

La camionnette s'arrêta. Peter et Bob jetèrent un coup d'œil à l'extérieur. Ils virent l'entrée d'un théâtre surmontée de l'inscription :

« THÉÂTRE CHAMELOT. Fermé. Défense d'entrer. »

Hannibal et Hamid descendirent, imités par leur camarade. Dans sa précipitation, Bob se fit mal à sa jambe abîmée.

« Est-ce ici que vous étiez hier ? demanda Hannibal en regardant le théâtre qui tombait en ruine.

— Notre entrepôt était moins haut, dit Peter.

— La porte avoir autre forme, ajouta Hamid.

— Cependant, c'est l'adresse que nous avons obtenue grâce à notre relais fantôme ! »

Hannibal tira de sa poche un bout de papier portant l'adresse signalée par un des garçons qui avaient participé au relais : 10853, rue Chamelot. Pas de doute : le théâtre portait bien le numéro 10853.

« Contournons le bâtiment », proposa le détective en chef.

Un étroit passage permettait d'accéder aux arrières du théâtre. Là, on trouva une porte d'entrepôt marquée de plusieurs points d'interrogation bleus.

« Voilà ton signe, détective adjoint ! s'écria Hannibal. Nous devons être au bon endroit.

— Alors il a drôlement changé d'aspect, répliqua Peter. Ton avis, Hamid ?

— Moi reconnaître rien. Mais hier faire nuit. Peut-être nous voir mal.

— Vous étiez si pressés que cela est imaginable, remarqua Hannibal. J'aperçois une petite ouverture près du grand portail. Jetons un coup d'œil. Nous pourrons peut-être voir le sarcophage. »

Ils s'approchèrent d'une porte légèrement entrebâillée, et se penchèrent tous, chacun au niveau qui lui était commode pour couler un regard à l'intérieur.

Soudain la porte s'ouvrit et trois faces grimaçantes

et hilares apparurent, elles appartenaient à des garçons de l'âge des Trois jeunes détectives.

« Voilà Hannibal Mac Sherlock et ses sbires ! cria le premier, qui n'était autre que Skinny Norris.

— Content de vos indices, commissaire ? demanda le second, un des meilleurs amis de Skinny.

— Si tu cherches des points d'interrogation, ce n'est pas ce qui manque : la ville en est pleine ! annonça le troisième, un gros rouquin.

— En route, les gars ! commanda Skinny. Sherlock n'a plus besoin de nous : il a la situation bien en main. »

Et, se tordant de rire, les trois farceurs défilèrent devant leurs adversaires. Sautant dans la voiture de sport de Norris, ils s'éloignèrent à grande vitesse.

Ce fut Bob qui comprit le premier la signification de leur intervention.

« Regardez ! » cria-t-il.

De la main, il désignait d'autres portes donnant dans le même passage : elles étaient toutes marquées d'un point d'interrogation bleu.

« Tout le quartier doit être comme cela », commenta l'archiviste.

Hannibal était rouge de colère.

« Je vois ce qui s'est passé, dit-il. Un des membres du relais fantôme a dû appeler Skinny Norris pour lui apprendre que nous cherchions des points d'interrogation bleus à Los Angeles. Alors il en a fait mettre partout par ses amis, et l'un d'entre eux nous a téléphoné en nous donnant cette adresse, de façon que toute l'équipe puisse se payer notre tête.

— Il est certain qu'ils ne s'en priveront pas, grogna Peter. Pour l'instant, tels que je les connais, ils doivent

se tordre ! Il doit y avoir des milliers de points d'interrogation à Los Angeles aujourd'hui. Si jamais je mets la main sur Skinny, je le hache menu comme chair à pâté. »

Il semblait bien que la petite farce de Skinny ait ôté aux détectives tout moyen de retrouver l'entrepôt qu'ils cherchaient. Impossible de vérifier l'authenticité des points d'interrogation.

« Que faisons-nous ? demanda Bob désespéré. Nous rentrons à Rocky ?

— Jamais de la vie ! répliqua Hannibal. Nous commençons par fouiller le quartier pour voir quelle quantité de points d'interrogation Skinny et ses acolytes ont dessinés. Ensuite nous prendrons une décision. Une leçon à retenir pour l'avenir : le relais fantôme est un bon système, mais il a ses risques. »

Les garçons s'égaillèrent dans le quartier, à la recherche de points d'interrogation. Il y en avait partout. Hamid, à qui l'on avait expliqué l'hostilité maligne de Skinny et de sa bande, partageait la consternation des Trois jeunes détectives.

On regagna la camionnette.

« Tournons un peu ! décida Hannibal. En voiture, on fait beaucoup de chemin en peu de temps. Peter et Hamid reconnaîtront un point de repère quelconque. C'est notre dernière chance. Si Harry et Jo livrent le sarcophage ce soir, nous sommes irrémédiablement battus. »

Lentement, la camionnette descendit la rue Chamelot.

« Battus, nous le sommes déjà, marmonnait Peter. Nous ferions aussi bien de l'admettre.

— Et laisser Skinny se moquer de nous tant qu'il voudra ? demanda Hannibal. Non merci. Nous lutterons jusqu'au bout. Peter, Hamid, voyez-vous cette vieille église à ce coin de rue ? L'avez-vous remarquée hier ? »

Peter considéra la vieille église de style espagnol et secoua la tête.

« Je ne pense pas que nous soyons jamais passés dans cette rue, répondit-il. Dans le coin où nous étions, les rues étaient plus étroites, plus sales, plus sombres.

— Allons ailleurs. Konrad, voulez-vous tourner à droite ?

— Moi, je veux bien », fit le Bavarois.

Trois pâtés de maisons plus loin, Peter saisit le bras d'Hannibal.

« Ce marchand de glaces ! s'écria-t-il. Nous sommes passés devant lui quand les gens nous poursuivaient. »

Il désignait une sorte de kiosque en forme de cornet

à glace. Le kiosque était fermé et tombait en ruine : le commerce ne prospérait guère, dans ce quartier de la ville.

« Konrad, arrêtez, je vous en prie », fit Hannibal.

Konrad arrêta. Les quatre garçons descendirent et se plantèrent en face du gigantesque cornet.

« Hamid, tu te le rappelles ? demanda Peter.

— Moi bien rappeler, répondit le Libyen. Hier moi penser ça être temple hindou. »

Bob sourit.

« En Californie, expliqua-t-il, les kiosques où on achète des oranges ont la forme d'une orange ; les kiosques où on achète des glaces, la forme d'un cornet. C'est normal. »

Hannibal interrompit ce cours sur la civilisation américaine. Il voulait savoir dans quelle direction couraient Peter et Hamid quand ils étaient passés devant le kiosque. Mais ni l'un ni l'autre ne s'en souvenait.

« En ce cas, Bob et Hamid attendront ici, commanda le détective en chef. Bob, mets ton poste en marche et reste à l'écoute. Peter, remonte cette rue et regarde autour de toi. Tu peux reconnaître ton propre point d'interrogation ou quelque autre repère. Moi, j'irai dans l'autre sens et je chercherai des points d'interrogation de mon côté.

— On peut toujours essayer, dit Peter.

— Konrad restera ici avec la camionnette. Ce sera notre point de ralliement. Liaison radio, s'il vous plaît. »

La nuit tombait déjà. Bientôt il ferait tout à fait noir. Peter et Hannibal partirent, chacun dans sa direction. Hamid et Bob attendaient dans la camionnette.

« Peut-être eux pas trouver momie ! soupira le jeune Libyen. Peut-être momie Ra-Orkon perdue pour toujours. Ahmed et moi beaucoup honte avouer à mon père nous avoir perdu ancêtre honoré. »

Les arguments d'Hannibal n'avaient pas eu d'effet sur les opinions de Hamid : il était toujours persuadé que Ra-Orkon était l'ancêtre de sa famille.

« Où est Ahmed ce soir ? demanda Bob.

— Moi pas savoir. Lui dire avoir affaires pour mon père. Lui aller voir marchands californiens pour présenter tapis tribu Hamid. »

Bob, qui était au courant des soupçons d'Hannibal, pensa qu'Ahmed pouvait fort bien avoir rendez-vous avec les bandits Joe et Harry, pour prendre livraison du sarcophage. Mais il se garda d'exposer son point de vue au jeune Libyen qui paraissait déjà désespéré.

Cependant Hannibal et Peter s'éloignaient de plus en plus, explorant sur quelques dizaines de mètres toutes les rues transversales qu'ils rencontraient. Par radio, ils se tenaient au courant de leurs déconvenues successives. L'obscurité se faisait de plus en plus opaque ; il devenait difficile de distinguer les marques de craie.

Le cœur lourd, Hannibal commanda :

« Explore encore une rue, détective adjoint. Puis fais demi-tour et rejoins-moi à la camionnette, pour discuter tactique ultérieure.

— Reçu et compris, répondit Peter. Terminé pour moi. »

Hannibal, lui aussi, s'était accordé une dernière rue transversale à visiter. Elle était étroite comme toutes les autres ; une ruelle sur laquelle donnaient les portes de derrière d'une série de boutiques. Au bout, on voyait un bâtiment plus élevé que les autres, percé d'un grand portail devant lequel se tenait un camion bleu. Hannibal décida d'aller jusque-là. Un homme enroula le rideau de fer qui fermait l'entrée, si bien que le détective en chef put même s'assurer si ce rideau portait des points d'interrogation ou non.

Hannibal Jones soupira profondément. Il fit demi-tour. Il allait regagner la camionnette.

Soudain il s'arrêta.

Toujours aux aguets, il avait entendu une voix grommeler :

« Ça va, Harry. Tu peux rentrer.

— O.K. Joe. J'y vais », avait répondu une autre voix.

Harry ! Joe ! les prénoms des deux bandits.

CHAPITRE XV

CAVALIER SEUL

Hannibal fit volte-face et courut au camion qui, lentement, entrait dans le portail.

Pour ne pas être vu : un seul moyen. L'homme nommé Joe se tenait sur la gauche du camion : Hannibal se précipita donc sur la droite, et, se faufilant entre le véhicule et le mur, pénétra dans le bâtiment où il faisait complètement noir.

Le camion s'arrêta. Hannibal ne bougea plus.

« Je vais descendre le rideau de fer ! cria Joe. Quand ce sera fait, tu pourras allumer tes phares. »

Accroupi près du camion, Hannibal ne perdit guère de temps en réflexions. D'une part, il ne pouvait rien distinguer dans l'obscurité qui l'environnait ; d'autre part, dès que les phares seraient allumés, les deux hommes pourraient le voir. Dans ces conditions, où se cacher ? Sous le camion, bien sûr.

Tombant sur les genoux et les coudes, Hannibal se mit à ramper. Le bruit qu'il faisait était couvert par celui du rideau de fer que Joe déroulait.

Les phares s'allumèrent. Dans sa position, Hannibal avait un champ de vision limité ; néanmoins il aperçut les roues d'une voiture d'un modèle ancien et, plus loin, une masse oblongue recouverte d'une bâche : probablement le sarcophage de Ra-Orkon.

Pas de doute : cet entrepôt était bien celui où Peter et Hamid avaient passé une heure d'angoisse. Hannibal avait donc réussi. Mais le moyen de prévenir ses camarades sans attirer l'attention des bandits ?

Il attendit, essayant de comprimer les battements de son cœur.

Harry, le chauffeur, quitta son siège. Hannibal voyait les pieds des deux hommes à quelques centimètres de son propre nez.

« Alors le client a accepté de payer sans faire d'histoires, dit Harry. Ça ne m'étonne pas, ajouta-t-il en ricanant. Il y tient, à son *saxifrage !* A quoi ça peut bien servir, un emballage pareil ? Je me le demande.

— Pour l'argent, il n'y aura pas de problème, répondit Joe. Mais on ne fait plus la livraison au même endroit : on doit déposer la caisse dans un garage vide, en pleine campagne, au-delà de Hollywood.

— Eh bien, on la déposera.

— Attends, ce n'est pas tout. Le client a peur que nous ne soyons suivis. Il faut que nous prenions des tas de précautions et, si nous avons l'impression d'être filés, nous ne livrons pas la marchandise.

— Qui veux-tu qui nous suive ? Personne ne connaît cet entrepôt. Si tu veux mon avis, on livre le *saxophage* et on empoche l'argent, sans s'occuper du reste.

— Je n'ai pas fini, Harry. Voici ce que nous devons faire. A mi-chemin de Hollywood, si nous sommes sûrs que nous n'avons pas été suivis, nous appelons le client au téléphone. Il nous dira peut-être de livrer la caisse à la même adresse que la momie. Ça dépendra.

— Ça dépendra de quoi ?

— Je n'en sais rien.

— Il doit être fou, ce gars-là.

— Encore plus fou que tu ne crois. Sais-tu ce que nous aurons à faire ensuite ? Une fois qu'il aura la caisse, il mettra la momie dedans. Alors nous emmènerons le tout quelque part où nous le brûlerons de telle façon qu'il n'en reste pas trace. Et pour cela, il nous donne mille dollars en plus.

— Mille dollars ! Si je comprends bien, ce particulier nous a embauchés pour voler quelque chose dont il n'a pas besoin ?

— On dirait. Il a peut-être pris peur, et il veut se débarrasser des preuves ? Au fait, cela ne nous regarde pas. Tant qu'il paie, c'est tout ce qu'on lui demande. Chargeons la caisse, et en route pour Hollywood. »

Les deux paires de jambes s'éloignèrent. A la lumière des phares, Hannibal vit les bandits s'approcher du sarcophage.

« On pourrait aussi bien vérifier s'il n'y a rien de précieux dedans, remarqua Joe. S'il y a des diamants, on les rafle ! »

Ils ôtèrent la bâche, soulevèrent le couvercle. Joe passa la main à l'intérieur.

« Rien ! annonça-t-il. Allez, on charge. »

L'un tirant, l'autre poussant, ils firent glisser l'objet vers l'arrière du camion. Alors ils s'aperçurent que le camion était trop près du rideau de fer pour qu'ils puissent charger le sarcophage.

« Va falloir avancer le camion, dit Joe.

— Oui. Avance-le. Moi, je vais boire un coup de flotte. »

Joe grimpa dans le camion. Le moteur ronfla. Le véhicule avança d'un mètre ou deux. Hannibal se trouva derrière et non plus dessous. Cependant Harry sortait par une petite porte.

La situation d'Hannibal commençait à devenir dramatique. S'il appelait ses camarades à la radio, il serait entendu. S'il se glissait derrière un tas de tonneaux qu'il apercevait dans un coin, le camion partirait sans lui et il se trouverait incapable de le suivre. S'il grimpait lui-même dans le camion, les bandits le verraient quand ils chargeraient le sarcophage.

Pendant une seconde, Hannibal fut au désespoir : il ne voyait aucun moyen de mener à bien sa mission.

Puis l'inspiration vint.

Harry était toujours dans la salle d'eau ; Joe, au volant. Silencieusement, Hannibal rampa jusqu'au cercueil posé sur le sol de béton. Soulevant le couvercle, il se glissa à l'intérieur : le gros garçon savait être souple comme une anguille ! Ensuite il remit le couvercle en place, tout en ménageant une fente pour respirer au moyen d'un crayon placé sur le rebord du sarcophage.

Et il attendit.

*

* *

Cependant Peter, Bob et Hamid, réunis près de la camionnette, attendaient aussi, fort préoccupés. Il y avait déjà un bon moment qu'Hannibal avait donné ses derniers ordres et, depuis lors, il n'y avait plus eu moyen de le joindre à la radio. Avait-il donc des ennuis graves ?

Peter demeurait à l'écoute et, soudain, il entendit :

« Ici détective en chef. M'entends-tu, détective adjoint ?

— Je t'entends. Que t'est-il arrivé ?

Hannibal voyait les pieds des deux hommes à quelques centimètres de son propre nez. →

— Le camion qui nous intéresse se dirige vers Hollywood. Tonnage : deux tonnes. Couleur : bleue. Peinture écaillée. Numéro matricule : PX 1043. Actuellement, d'après les virages effectués, il doit remonter la rue Painter en direction de l'ouest. Compris ?

— Affirmatif ! » hurla Peter dans le microphone.

Le camion se trouvait dans la même rue que les garçons et il s'éloignait d'eux. A en juger par la clarté de l'émission, il n'était pas à plus de trois cents mètres.

« Nous démarrons et nous suivons le camion bleu, reprit Peter. Où es-tu toi-même, détective en chef ?

— Je suis où tu étais hier soir.

— Dans le sarcophage ?

— Et de plus, il est ficelé. J'ai dû prendre des risques pour maintenir le contact avec l'adversaire. Ne perdez pas le camion de vue. J'aurai besoin de votre aide quand nous serons arrivés chez le client.

— Nous ne te quittons pas d'une semelle, Babal. »

Les trois garçons sautèrent dans la camionnette. Peter demanda à Konrad de faire demi-tour. Bientôt la camionnette eut rattrapé le vieux camion bleu portant le numéro indiqué par Hannibal. Konrad le suivit à une cinquantaine de mètres de distance.

Les deux véhicules débouchèrent sur un boulevard brillamment illuminé, si bien que la poursuite put se dérouler sans difficultés.

« Nous sommes à cinquante mètres derrière toi, détective en chef, annonça Peter. Sais-tu où va ton camion ?

— Négatif, répondit Hannibal. Le client a donné ses instructions à Joe par téléphone. Il s'agit d'un garage en pleine campagne.

— Tout comme au cinéma ! s'écria Hamid. Plus passionnant encore. Seulement moi avoir peur pour détective en chef Hannibal si nous perdre camion et pas être là pour aider lui quand lui découvert.

— Tu n'es pas le seul, Hamid », marmonna Bob.

Non, il n'était pas le seul. Hannibal, étendu tout de son long dans le sarcophage, le nez pressé contre la fente, se demandait s'il avait agi raisonnablement. Raisonnablement ? Certes pas. Efficacement, peut-être.

Pour l'instant, tout allait bien. Plusieurs kilomètres avaient déjà été parcourus ; la camionnette n'avait pas perdu la trace du camion ; Harry et Joe semblaient n'avoir rien remarqué. Hannibal commençait à se féliciter de son stratagème, quand, soudain, le camion accéléra, et, à grandes secousses, traversa un passage à niveau. Un sifflement retentit, puis le vacarme assourdissant d'un train qui passait, à quelques mètres derrière le véhicule des bandits.

La voix anxieuse de Peter retentit aux oreilles d'Hannibal.

« Détective en chef ! Nous sommes bloqués de l'autre côté du passage à niveau par un train de marchandises qui a bien un kilomètre de long ! Quand nous pourrons redémarrer, tu seras loin. M'entends-tu ?

— Oui... » répondit Hannibal en avalant sa salive avec difficulté. Il cherchait une suggestion à faire quand le camion prit un virage brusque et partit dans une autre direction. « Détective adjoint ! appela-t-il. Nous avons changé de direction. Je ne sais pas où nous allons... Voici ce que tu dois faire... M'entends-tu ?...

— Détective en chef ! appelait Peter, d'une voix de moins en moins distincte. Je ne comprends pas ce que tu dis. Je ne te reçois presque plus. Peux-tu... ? »

Ce fut le silence. La distance entre les deux véhicules était supérieure à la portée normale des émetteurs-récepteurs portatifs.

Il n'y avait pratiquement plus de chance pour que Konrad retrouvât le camion bleu.

Hannibal allait devoir jouer « cavalier seul ».

CHAPITRE XVI

LE SARCOPHAGE CHANGE DE LOCATAIRE

Pendant plusieurs minutes, Hannibal attendit, espérant que la distance entre les deux véhicules diminuerait, et qu'il entendrait de nouveau la voix de Peter. Il attendit en vain. Lorsque le train eut libéré le passage à niveau, les poursuivants avaient irrémédiablement perdu les poursuivis. Konrad tournait dans le quartier, essayant les rues transversales les unes après les autres. Mais, la nuit, il n'y avait pas une chance sur un million pour que la poursuite pût être reprise.

Hannibal fit encore une tentative.

« Ici détective en chef, appela-t-il. Détective adjoint, me reçois-tu ? »

Peter ne répondit pas. Ce fut une autre voix, celle d'un garçon du même âge que les Trois jeunes détectives, qui se fit entendre dans le petit récepteur.

« Hé ! Dites donc ! Qu'est-ce que c'est que cette histoire de détectives ? Si c'est un jeu, je veux en être. Moi aussi, je suis un radio-amateur.

— Ce n'est pas un jeu, répondit Hannibal. Rends-moi un service : appelle la police.

— La police ? Pour quoi faire ? »

Hannibal réfléchit rapidement. S'il disait la vérité, il risquait de ne pas être cru, car son histoire était bien invraisemblable.

« J'ai été enfermé dans un camion, déclara-t-il, et je ne peux pas sortir. Appelle la police et demande qu'on arrête le camion pour que je puisse descendre. »

Seule la police pouvait retrouver le véhicule des bandits, libérer Hannibal, et peut-être retenir les deux chenapans. Il n'y avait donc pas à hésiter.

« D'accord, dit le garçon inconnu. Voilà ce que c'est que de faire de l'auto-stop ! Donne-moi vite tes coordonnées : je ne t'entends plus très bien.

— C'est un camion deux tonnes, bleu, numéro PX 1043, qui se dirige vers Hollywood. Il y sera, je pense, dans une dizaine de minutes. Il est vieux et... »

Le correspondant l'interrompit :

« Dis donc, je ne t'entends plus. Tu t'éloignes toujours. Tu me reçois, toi ?

— Moi je te reçois, fit Hannibal. Et toi ?

— Hé là ! Allô ! appelait l'autre. Où es-tu ? Tu ne dois plus être à ma portée... Désolé, mon vieux. Bonne promenade. »

Ainsi s'envolait un espoir de plus. Hannibal remit le poste de radio dans sa poche et essaya d'imaginer un plan d'action. Mais, pour une fois, il ne trouva rien. Si encore Harry et Joe n'avaient pas ficelé le sarcophage ! Mais les deux bandits n'avaient pas omis de prendre cette précaution.

Au reste, Hannibal ne craignait pas de périr par asphyxie : la fente l'alimentait en air. Mais l'avenir s'annonçait menaçant. Qu'arriverait-il quand le camion s'arrêterait, quand Harry et Joe retireraient le sarcophage du véhicule, ôteraient la corde qui l'entourait et l'ouvriraient... ?

Alors Hannibal Jones aurait l'air d'une huître dans une coquille ouverte. A la merci de ses ennemis... Il eut une sueur froide et essaya de changer le cours de ses pensées. Agir... Comment pourrait-il agir ? Dès que le couvercle aurait été soulevé, bondir sur ses pieds et prendre la poudre d'escampette ?

Sans doute l'effet de surprise jouerait-il en sa faveur. Mais il aurait trois adversaires : les deux bandits et leur mystérieux client. Tous à bonne portée, de quelque côté qu'il se précipite. Il pensa à son oncle, à sa tante, qui le regretteraient certainement. A Peter, à Bob, qui ne sauraient peut-être jamais ce qui lui était arrivé.

Quelque chose qui ressemblait fâcheusement à une envie de pleurer s'empara du détective en chef. Soudain le camion s'arrêta. Hannibal se prépara à l'action, mais inutilement. Après cinq minutes de halte, le camion démarra à nouveau. Hannibal se rappela que, arrivé à mi-route, Joe devait rappeler le client pour prendre ses instructions.

Nouveau tronçon de route, nouvelles idées noires...

Résolution de prudence pour la prochaine fois... si jamais il y avait une prochaine fois.

Arrêt. Bruit d'un rideau de fer qu'on enroule. Apparemment, on était arrivé.

L'angoisse d'Hannibal l'abandonna alors. Ah ! il n'allait pas se laisser maîtriser sans se défendre. Il se battrait jusqu'au bout. Son courage naturel lui revint.

La porte arrière du camion fut ouverte. Crissements et frottements apprirent au captif que Joe et Harry étaient maintenant tout près de lui. Ils soulevèrent le sarcophage. L'un d'eux faillit le lâcher.

« Elle n'est pas ordinaire, cette caisse ! remarqua Joe. Dans l'entrepôt, elle semblait légère. Puis dans le camion, elle est devenue lourde. A présent, elle est toujours lourde... Comprends rien à ces manigances d'Egyptiens. »

Si Hannibal n'avait pas été la cause de la perplexité de Joe, il en aurait bien ri. Mais, pour le moment, il n'avait pas la moindre envie de rire. Il aurait de beaucoup préféré que les bandits n'eussent pas ses cinquante kilos de plus à transporter !

Le sarcophage glissa lourdement au sol. Une voix impossible à identifier, mais qui n'était ni celle de Joe, ni celle de Harry, commanda :

« Dans le garage, vite ! »

Le sarcophage fut soulevé, transporté sur quelques mètres, posé sur un sol de béton.

« Très bien, fit l'inconnu. Laissez-moi seul ici dix minutes, puis vous emmènerez la momie et la caisse. Brûlez le tout.

— D'abord, on veut notre argent, répliqua la voix de Joe. Notre argent, tout de suite, ou alors il n'y a rien de fait.

— Très bien, très bien. Je l'ai ici, votre argent. Deux mille dollars, c'est le compte ? Fermez cette porte et sortons. Je vous paierai dehors. La moitié maintenant, la moitié quand vous repartirez.

— Moi, dit Harry, je veux ma corde. Elle pourra resservir. »

Basculant le sarcophage d'un côté sur l'autre, il parvint à dégager sa corde.

« Gros malin ! gloussa Joe. Nous en aurons besoin pour ramener la marchandise.

— Eh bien, on la remettra, grommela Harry. Maintenant, l'argent.

— Sortez. Je vous paierai dehors », répéta le client, qui semblait ne pas vouloir laisser les bandits trop longtemps dans la même salle que le sarcophage.

Hannibal entendit le bruit du rideau de fer, puis ce fut le silence. Prudemment, le détective en chef souleva le couvercle et jeta un coup d'œil à l'extérieur. L'obscurité régnait, quasi complète. Hannibal put

cependant voir qu'il se trouvait dans un garage, et qu'il y était seul. D'un mouvement rapide, il repoussa le couvercle et enjamba le rebord du sarcophage. Une fois sorti, il rabattit le couvercle et se mit à chercher la porte qui devait conduire à la maison proprement dite. Elle était vitrée ; un soupçon de jour passait par la vitre, si bien qu'Hannibal n'eut aucun mal à la repérer. Il allait poser la main sur la poignée, quand cette poignée tourna et le vantail s'ouvrit. Le détective s'aplatit contre le mur ; le vantail ouvert le cacha.

Un homme entra. A la grande consternation d'Hannibal, il ferma la petite porte à clef. Puis, sans remarquer le garçon qui se tenait derrière lui, il s'avança vers le sarcophage en se frottant les mains.

« Enfin ! dit-il à haute voix. Vingt-cinq ans d'attente, et voilà ! »

Tirant une torche de sa poche, il la braqua sur le sarcophage. Sans doute craignait-il que, s'il allumait l'électricité, Joe et Harry ne puissent voir, par les joints du rideau, ce qu'il faisait.

Après avoir examiné le sarcophage quelques instants il souleva le couvercle, se pencha, et plongea la main à l'intérieur.

Alors Hannibal agit d'instinct.

Il s'avança de trois pas et poussa brusquement l'homme en avant.

L'inconnu émit un cri étouffé et bascula dans le sarcophage. Seuls ses pieds dépassaient. Hannibal poussa les pieds, rabattit le couvercle et s'assit dessus.

Le mystérieux client des bandits, le « principal responsable qui avait ourdi toute cette trame », était pris au piège.

Y resterait-il longtemps ?

Hannibal, avec la rapidité du désespoir, avait posé ses cinquante kilos sur le couvercle. Mais son adversaire se débattait furieusement, martelant le sarcophage à coups de pied et de poing.

« Joe ! Harry ! hurla-t-il. Etes-vous fous ? »

Ce n'était qu'un murmure qui s'échappait de l'épais cercueil. Il n'y avait pas de danger que Joe et Harry entendissent quoi que ce fût.

Mais, dans quelques minutes, ils commenceraient à s'impatienter et ils viendraient voir ce qui se passait.

Alors que ferait Hannibal ?

CHAPITRE XVII

RÉVÉLATIONS STUPÉFIANTES

Pour l'instant, Hannibal ne pouvait rien faire du tout, sinon rester assis sur le sarcophage. Quand Joe et Harry reviendraient sur les lieux, son sort ne serait pas enviable.

Tout à coup, des cris retentirent au-dehors. Des cris de colère et de consternation. Une voiture cornait désespérément. Il y eut encore des cris et des bruits de bagarre.

Hannibal n'eut même pas le temps de se demander ce qui se passait. Son prisonnier s'était retourné contre le couvercle avec son dos arqué et, millimètre par millimètre, réussissait à le soulever. Dans quelques instants, malgré les efforts d'Hannibal, le couvercle basculerait, le gardien se trouverait par terre et le prisonnier libre.

A ce moment, le rideau de fer du garage s'enroula brusquement. Une voix cria « fouillons l'intérieur ! » Une main pressa le commutateur.

La salle fut inondée de lumière. Dans le sarcophage, l'homme cessa de s'agiter, préférant attendre les événements.

Hannibal n'en croyait pas ses yeux : le groupe qui venait de faire irruption dans le garage était composé de Peter, Bob et Hamid que suivaient le professeur Yarborough et Ahmed. Une seconde plus tard, Konrad fit son entrée, en se donnant de grandes claques de satisfaction sur les cuisses.

« C'est toujours utile d'avoir de la corde dans une camionnette, constata-t-il. Les deux gars sont garrottés de la belle manière. »

Puis il aperçut le neveu de son patron :

« Babal ! s'écria-t-il. Eh bien, rien de cassé ?

— Je vais très bien, merci, répondit Hannibal en s'efforçant de prendre une voix parfaitement calme, mais sans y réussir tout à fait. Comment se fait-il que vous soyez tous là ? »

Ce fut Bob qui répondit :

« Quand nous avons perdu ta trace, nous... »

Il n'alla pas plus loin. D'un mouvement violent et soudain, le prisonnier avait failli désarçonner Hannibal.

« Hé là ! Il y a quelqu'un dans le sarcophage ? » s'étonna le jeune Andy.

Les paupières du professeur Yarborough battaient précipitamment derrière ses lunettes cerclées d'or.

« Qui est-ce ? Qui est-ce ? » questionna-t-il.

Hannibal essuya son front couvert de sueur.

« C'est le principal responsable qui a commencé à ourdir toute cette trame il y a six mois, annonça-t-il. C'est le sorcier Sardon, qui est allé voir le chef de la tribu des Hamid pour le persuader que Ra-Orkon était son ancêtre : ainsi, quand Sardon volerait la momie lui-même, tout le monde croirait les Hamid coupables du vol.

— Sardon ! Sardon ici ? s'écria Hamid. Moi pas comprendre.

— Impossible ! déclara Ahmed, le faux jardinier. Sardon est en Libye.

— Vous allez voir, dit Hannibal. S'il essaie de se sauver, nous l'arrêterons. »

Il se leva. Aussitôt le couvercle fut repoussé avec violence et glissa à terre. Comme un diable d'une boîte, un homme échevelé, au visage cramoisi, jaillit du sarcophage.

« Pas Sardon du tout ! s'écria Hamid. Sardon borgne, boiteux, longs cheveux blancs...

— Il était déguisé, répondit Hannibal, comme le chat de Mme Banfry était déguisé en chat de Ra-Orkon, comme Ahmed était déguisé en jardinier, comme le voleur Harry était déguisé en dieu Anubis, à moins que ce ne fût Joe. Cet homme, lui, s'était déguisé en Sardon.

— Mais c'est Freeman ! s'écria le professeur Yarborough. Qu'est-ce que cela signifie ? C'est vous, mon collègue, qui avez volé Ra-Orkon ? »

Le professeur Freeman se sentait battu. Il n'avait plus le courage de se défendre. Il avoua :

« Oui... Il y avait vingt-cinq ans que je voulais mettre la main sur cette momie et son sarcophage. Et maintenant — sa voix trembla — par la faute d'une bande de garçons trop curieux, j'ai perdu un million de dollars ! Deux millions, peut-être...

— Je reconnais sa voix, dit Ahmed en s'avançant vers le professeur Freeman. Je reconnais aussi le visage. C'est celui de Sardon, la peinture en moins. Cet homme est venu dans la maison de mon maître et lui a fait accroire que Ra-Orkon était son ancêtre. Il a persuadé mon maître de m'envoyer en quête de la momie, pour que le fondateur de la famille puisse reposer en paix ! Cet homme est un vil menteur ! »

Et Ahmed cracha au visage du professeur.

Le philologue s'essuya la joue d'un geste las.

« Je mérite bien plus encore, je le reconnais, murmura-t-il. Mais je suppose que vous n'avez hâte que d'une chose : savoir pourquoi je désirais si passionnément posséder Ra-Orkon.

— Assurément, répondit M. Yarborough. Vous auriez pu venir étudier la momie chez moi autant que vous auriez voulu.

— La momie ? Je m'en moquais bien, de votre momie ! C'était le sarcophage que je voulais. Vous vous rappelez que mon père vous accompagnait lorsque vous avez découvert Ra-Orkon ?

— Bien sûr. Il a été pour moi un excellent secrétaire. J'ai beaucoup déploré sa mort.

— Ce que vous ignorez, c'est que, en votre absence, mon père a fouillé ce sarcophage et qu'il y a trouvé une cachette masquée par une épaisse rondelle de bois. Dans la cachette... Attendez, vous allez voir. »

Le professeur Freeman décrocha une scie égoïne

pendue au mur, et, posant le sarcophage sur le côté, il s'apprêta à l'entailler.

« Arrêtez ! cria M. Yarborough. Vous m'avez dit vous-même de ne pas toucher à un objet aussi précieux.

— Beaucoup moins précieux que ce qui est à l'intérieur, répondit le philologue en essayant de sourire. D'ailleurs, ce morceau de bois vous servira à dater l'ensevelissement de Ra-Orkon, grâce au test du carbone radioactif. Voyez-vous, si mon père n'avait pas pris la précaution de consolider la cachette en enduisant de colle la rondelle de bois, je n'aurais pas eu à faire voler le sarcophage : j'aurais pu me servir chez vous, sans trop de difficultés. Mais mon père était un homme minutieux : il espérait acquérir un jour le sarcophage et, en attendant, il ne voulait pas qu'un autre pût découvrir la cachette qu'il avait trouvée lui-même. Donc, maintenant, il faut une scie pour parvenir jusqu'au trésor. »

Joignant le geste à la parole, le professeur Freeman avait attaqué l'un des angles du sarcophage.

« Mon père, poursuivit-il en continuant à scier, m'a expliqué le tout dans une lettre qui devait m'être envoyée au cas où il mourrait avant d'avoir pu acquérir le sarcophage. Ce fut ce qui arriva. A l'époque, j'étais étudiant. Je me spécialisai dans les langues du Proche-Orient pour avoir ensuite accès aux musées égyptiens. J'y parvins bien, mais on refusa toujours de me laisser emmener Ra-Orkon chez moi. Et puis, il y a six mois, vous-même, Yarborough, vous m'avez annoncé que Ra-Orkon serait chez vous dans peu de jours.

« Je me précipitai en Egypte pour tenter une

dernière fois d'obtenir qu'on me prêtât la momie. Peine perdue. Alors j'inventai un stratagème compliqué. Puisque j'étais décidé à voler Ra-Orkon s'il n'y avait pas moyen de faire autrement, il me fallait quelqu'un sur qui les soupçons tomberaient tout naturellement. Je me déguisai donc en sorcier et je me rendis chez un riche marchand de tapis libyen. Etant donné ma connaissance des langues, je n'eus aucune difficulté à tenir mon rôle. Je simulai une transe prophétique, et j'inspirai une telle confiance au chef de la tribu des Hamid qu'il envoya son intendant et son fils aîné à la recherche de la momie qu'il croyait être celle de son ancêtre.

« Cependant, le vol ne m'apparaissait que comme la dernière solution, à éviter autant que possible. En faisant parler la momie, j'espérais vous mettre dans un tel état de nervosité, que vous me la confieriez pour que je puisse vous traduire ses messages, ce qui a failli arriver. Je vous aurais alors rendu votre cher Ra-Orkon, guéri de son habitude de bavarder.

« Mais vous vous êtes obstiné à garder la momie chez vous. De plus, vous vous prépariez à scier vous-même le sarcophage ; vous aviez donc une chance de découvrir la cachette et son contenu. Il fallait agir vite. J'engageai deux voleurs professionnels pour dérober le sarcophage et sa momie. C'est alors que... Ah ! nous y voilà ! »

La partie sciée se détacha. Tout le monde vit une cavité noire apparaître, creusée dans l'épaisseur du bois.

« Quand je frappais cet endroit, j'entendais bien qu'il sonnait creux, remarqua M. Yarborough.

— Je m'en doutais, répondit M. Freeman. Raison

de plus pour me dépêcher de soustraire la momie à votre curiosité. Maintenant nous allons tous voir ce que personne n'a vu depuis vingt-cinq ans et que mon père a découvert au fin fond de l'Egypte. »

Dans la cachette, se trouvait un sachet de tissu. Le philologue le retira et, s'agenouillant, en versa le contenu sur le sol. Ce fut un ruissellement d'éclats bleus, verts, orangés, rouges...

« Des bijoux ! s'écria le professeur Yarborough. Des bijoux de l'Egypte ancienne ! Ils valent une fortune en eux-mêmes, et dix fois autant à cause de leur antiquité.

— Exact, reconnut M. Freeman. Vous ne vous étonnez plus, je suppose, du prix que j'attachais à la possession de ce sarcophage. Mon père n'avait pas osé emporter tous ces joyaux avec lui. Il n'avait pris que deux ou trois pierres. C'est en essayant de les vendre qu'il a été assassiné dans un bazar du Caire, du moins je l'imagine. »

Le professeur Yarborough prit un air inspiré.

« Une hypothèse vient de se présenter à mon esprit, annonça-t-il. Concernant le secret de Ra-Orkon. A propos, où est la momie ? En lieu sûr, j'espère !

— Ne craignez rien, répondit M. Freeman. Le vieux bonze est dans ce placard, au fond du garage.

— Ouf ! fit M. Yarborough. Cette hypothèse consiste en... Mais au fait, Freeman, vous ne m'avez pas encore expliqué comment la momie parlait !

— Venez dans la maison, je vous expliquerai tout », répondit le philologue.

La tête basse, en homme dont la plus chère ambition venait d'être ruinée, le professeur Freeman quitta le garage, suivi de ses vainqueurs.

CHAPITRE XVIII

ALFRED HITCHCOCK DEMANDE DES PRÉCISIONS

L'illustre metteur en scène Alfred Hitchcock reposa sur son bureau le dernier feuillet du rapport que lui avaient soumis les Trois jeunes détectives sur l'enquête qu'ils venaient de mener.

Hannibal, Peter et Bob, assis au bord de leurs chaises, ne quittaient pas le grand homme des yeux.

« Bien joué, les garçons ! dit Alfred Hitchcock. Je vois d'ailleurs que cela n'a pas été sans mal. »

Sans mal ? Certainement pas ! Peter tremblait

encore au souvenir de sa promenade en sarcophage. Hannibal, lui, était ravi de son succès.

Il demanda :

« Alors vous voudrez bien, cette fois encore, présenter le récit aux lecteurs ?

— Certainement. Il y a cependant un ou deux points que je voudrais élucider.

— Y a-t-il des omissions dans le récit ? demanda Bob, non sans inquiétude, car c'était lui qui avait rédigé le texte.

— Des omissions, c'est beaucoup dire, et je ne vous blâme pas d'avoir hésité à fournir des explications détaillées, car je ne connais rien de plus ennuyeux pour un lecteur. Néanmoins, pour ma gouverne personnelle, j'aurais besoin de quelques précisions.

— A votre service, monsieur, dit Bob.

— Voyons, fit M. Hitchcock en appuyant ses mains l'une contre l'autre, les bouts des doigts réunis. Je crois avoir bien saisi les lignes générales. Il y a vingt-cinq ans, mon ami, le professeur Yarborough, découvre Ra-Orkon. Son secrétaire, Alec Freeman, le père du professeur Freeman, s'aperçoit que le sarcophage contient des bijoux et décide de se les approprier. Il meurt avant d'avoir pu le faire, mais il passe le renseignement à son fils, qui consacre sa vie à mettre la main sur cette fortune.

— Oui, monsieur, approuva Bob. Maintenant, le professeur Yarborough croit savoir pourquoi Ra-Orkon a été enterré si simplement, avec son chat pour seule compagnie, et dans un tombeau caché. A l'époque, il y avait beaucoup de pilleurs de tombeaux, et la famille de Ra-Orkon a cru les duper : ils n'allaient pas se donner la peine d'ouvrir une tombe toute simple dans laquelle ils ne pourraient rien trouver à voler. Mais en réalité Ra-Orkon avait toute sa collection de bijoux avec lui !

— C'est très vraisemblable, reconnut Alfred Hitchcock. Poursuivons. Le professeur Freeman se fait passer pour le sorcier Sardon et lance la tribu des Hamid sur les traces de Ra-Orkon, de façon à procurer des suspects à la police, si jamais il se voit contraint de voler la momie. Ayant vu la photo du chat de Mme Banfry, il parle aux Hamid d'une réincarnation possible de Ra-Orkon sous la forme d'un chat. Ensuite il dérobe Sphinx, lui badigeonne les pattes de peinture noire et le glisse dans la chambre du jeune Hamid.

— Exact, monsieur, dit Hannibal. M. Freeman a reconnu avoir fait tout cela.

— Continuons. Ahmed et Hamid, bien que sincères, travaillent en réalité pour Freeman. Freeman s'arrange pour faire parler la momie, espérant que Yarborough la lui prêtera. N'étant pas parvenu à ses fins, il engage Joe et Harry pour la voler. Bien entendu, il se montre fort mécontent lorsque ces messieurs lui amènent la momie sans le sarcophage.

— Précisément, monsieur, fit Bob. La première livraison a eu lieu pendant que le professeur Yarborough, Babal et moi, nous étions chez M. Freeman, en train d'écouter la bande magnétique. Warrington aurait vu les bandits arriver, s'il n'était pas allé parquer la Rolls un peu plus bas. Après être allé parler à Joe et Harry, M. Freeman est revenu en nous apportant de la limonade, pour que nous ne nous étonnions pas de sa longue absence. Il avait renvoyé les voleurs chercher le sarcophage, et, pour leur donner le temps d'opérer, il nous a fait écouter la bande vingt fois de suite. C'était lui qui leur avait suggéré de mettre des masques de chacals pour faire peur à Wiggins.

— Bonne idée, dit Alfred Hitchcock. La suite est claire. Peter et Hamid s'offrent une promenade en sarcophage, et Hannibal les imite le lendemain. Mais après cela, je ne comprends plus du tout. »

Le metteur en scène fronça les sourcils et regarda les garçons d'un air sévère. Les Trois jeunes détectives se demandèrent ce qu'il avait à leur reprocher.

« De quoi s'agit-il, monsieur ? demanda Hannibal respectueusement.

— Lorsque la camionnette eut perdu la trace du camion bleu, que s'est-il passé ? Comment se fait-il, mon jeune ami, que vos camarades soient intervenus chez le professeur Freeman précisément au moment où vous aviez besoin de leur aide ?

— A toi de répondre, Peter, fit Hannibal.

— D'ac, Babal. Je veux dire : bien, détective en chef. Voyez-vous, monsieur Hitchcock, quand nous avons perdu la trace du camion bleu, nous avons réfléchi, et nous nous sommes dit qu'Ahmed était le coupable. Alors nous sommes allés voir le professeur Yarborough, et, tous ensemble, nous nous sommes transportés chez Ahmed. Et nous l'avons trouvé en train de conclure des affaires avec des marchands de tapis. Il a été très étonné de tout ce que nous lui avons raconté. Puisqu'il était innocent, il ne nous restait plus qu'à appeler la police. Mais, avant de le faire, M. Yarborough a voulu demander conseil au professeur Freeman. Alors...

— Je vois ! interrompit Alfred Hitchcock. Vous vous précipitez chez Freeman, et vous trouvez le camion bleu garé devant sa maison. En effet, quand les bandits lui avaient téléphoné pour lui demander ses instructions, il leur avait commandé d'amener le sarcophage chez lui, puisque personne ne les avait suivis. C'était du moins leur impression.

— Parfaitement, monsieur, dit Hannibal. Maintenant Harry et Joe sont sous les verrous. Ils ont tous les deux un long passé criminel. Quant au professeur Freeman, M. Yarborough veut éviter de porter plainte contre lui. Ce n'est pas un criminel professionnel ; il est probable qu'il ne commettra plus de fautes graves. Il a donné sa démission à l'université où il enseignait, et il se prépare à partir pour le Moyen-Orient, où sa connaissance des langues lui permettra de se rendre utile. Les bijoux appartiennent à l'Egypte : le professeur Yarborough les y renverra. Mme Banfry a retrouvé son cher Sphinx ; Hamid et Ahmed sont déjà

repartis pour la Libye, ravis de n'avoir pas adopté un faux ancêtre. Hamid nous a promis de nous envoyer un tapis d'Orient pour notre P.C. : il y aura un point d'interrogation dessus, comme motif. Je crois, monsieur, que tout doit être maintenant limpide dans votre esprit.

— Pas tout à fait encore ! tonna Alfred Hitchcock en foudroyant Hannibal du regard. Vous ne m'avez pas dit un seul mot du plus grand mystère de tous : comment parlait la momie ?

— Oh ! par ventriloquie », répondit Hannibal, l'air dégagé.

Son visage replet cachait-il un sourire ?

M. Hitchcock prit un air encore plus sévère.

« Jeune homme, dit-il, je vis dans le monde du spectacle depuis assez longtemps pour savoir que les ventriloques ne peuvent opérer à distance. Ainsi donc votre explication ne vaut pas tripette. »

Hannibal laissa le sourire s'épanouir sur sa figure.

« C'est aussi ce que je m'étais dit, monsieur. Le professeur Freeman n'était jamais sur les lieux au moment où la momie se mettait à parler : l'idée ne me venait donc pas de le soupçonner, malgré sa connaissance des langues orientales, qui aurait dû me le rendre suspect dès l'abord, puisque la momie parlait l'arabe ancien.

« Pourtant, lorsque j'ai découvert que le chat était déguisé, j'ai immédiatement pensé que Sardon, qui avait annoncé sa venue, ne pouvait être qu'un faux sorcier. Or, qui avait pu se faire passer pour un Libyen ? Le professeur Freeman, évidemment, qui a étudié à fond les langues orientales. En outre, le professeur Freeman connaissait l'histoire de la momie, et son propre père avait fait partie du groupe qui l'avait découverte. Il y avait de quoi se méfier de lui.

— Parfaitement raisonné, dit le metteur en scène. Mais j'attends toujours que vous répondiez à ma question.

— J'y arrive, monsieur. En tant que philologue, le professeur Freeman possédait une vaste expérience de tous les instruments utilisés pour enregistrer et amplifier la parole humaine. Vous connaissez sûrement, monsieur, l'existence des microphones paraboliques, qui, lorsqu'ils sont focalisés comme il convient, reçoivent des conversations qui se déroulent à plusieurs centaines de mètres de l'endroit où ils sont placés ?

— Je commence à voir, mon jeune ami. Veuillez poursuivre.

— Eh bien, il existe aussi des émetteurs orientables qui peuvent focaliser le son en un point précis, distant de plusieurs centaines de mètres de la source d'émission. Le professeur Freeman avait installé un émetteur de ce genre sur son balcon, profitant du fait que sa maison était exactement en face de celle du professeur Yarborough, sur le versant opposé du cañon.

« Sur une bande magnétique, M. Freeman avait enregistré un discours dans un dialecte proche de l'arabe ancien. Au moyen d'une longue-vue, M. Freeman observait le musée de M. Yarborough. Quand il voyait l'égyptologue ouvrir les portes-fenêtres — car M. Yarborough souffre de claustrophobie —, M. Freeman mettait son émetteur en marche en focalisant l'émission sur la bouche même de la momie.

« Généralement, il faisait cela l'après-midi, après être rentré de l'université. Bien entendu, il choisissait les moments où le professeur Yarborough était seul avec Ra-Orkon. Mais une fois, il s'est laissé tromper par moi : alors tout le monde a cru que c'était Ra-Orkon qui m'avait pris pour le professeur !

« La bande magnétique comportait des silences et des reprises. Lorsque M. Yarborough a demandé à M. Freeman de venir écouter les murmures de la momie, le magnétophone a été réglé de façon à faire entendre une partie du discours pendant que M. Freeman serait en chemin, et à ne plus rien faire entendre ensuite : ainsi tout soupçon serait écarté.

« Le jour où Harry et Joe, portant des masques de chacals, sont venus voler la momie, le professeur Freeman a pris le temps de faire un saut jusqu'à son balcon, de focaliser l'émetteur sur la terrasse, et de prononcer quelques mots bizarres pour effrayer Wiggins. En un sens, monsieur, vous voyez bien qu'il s'agissait de ventriloquie... scientifique.

— Stu-pé-fiant ! prononça Alfred Hitchcock. Résumons-nous : Mme Banfry a retrouvé son chat ; les bijoux retournent en Egypte ; la momie ne parle plus, l'énigme est résolue. Et vous, les garçons, que pensez-vous faire ?

— Monsieur, répondit Bob en tirant son carnet de sa poche, nous avons plusieurs enquêtes en vue. Peut-être allons-nous... »

Le grand homme leva la main pour demander le silence.

« Je vous en prie, pas un mot. J'aime trop les surprises. Vous me mettrez au courant lorsque l'affaire sera terminée, comme d'habitude. Au revoir, les garçons. Tous mes compliments. »

Ayant ainsi reçu leur congé, les Trois jeunes détectives saluèrent et sortirent.

Alfred Hitchcock regarda le gros classeur qu'ils avaient laissé sur son bureau et qui contenait l'histoire de la momie qui chuchotait. Involontairement, il se demanda en quoi consisterait la prochaine aventure de ses jeunes amis.

En tout cas, elle sortirait de l'ordinaire.

Cela, il n'en doutait pas.

TABLE

IMPRIMÉ EN FRANCE PAR BRODARD ET TAUPIN
7, bd Romain-Rolland - 92541 Montrouge - Usine de La Flèche, 72200
Loi n° 49-956 du 16 juillet 1949 sur les publications destinées à la jeunesse.
Dépôt : 1968.